H. M. van
den Brink

Ein Leben nach Maß

Roman

Aus dem Niederländischen
von Helga van Beuningen

Carl Hanser Verlag

Die niederländische Originalausgabe erschien 2016
unter dem Titel *Dijk* bei Atlas Contact in Amsterdam.

Der Verlag dankt der niederländischen Stiftung für Literatur
für die großzügige Förderung der Übersetzung.

**Nederlands letterenfonds
dutch foundation
for literature**

1. Auflage 2018

ISBN 978-3-446-25809-9

Umschlag und Motiv: Peter-Andreas Hassiepen, München
Satz: Satz für Satz, Wangen im Allgäu
Druck und Bindung: CPI books GmbH, Leck
Printed in Germany

FSC
www.fsc.org
MIX
Papier aus verantwortungsvollen Quellen
FSC® C083411

Time is the longest distance between two places.

Tennessee Williams: *The Glass Menagerie*

1

Der Traum kehrte Nacht für Nacht wieder, und auf den ersten Blick war nichts an ihm merkwürdig.

Es regnet. Ich gehe eine Straße am Rand einer dunklen Gracht entlang. Die Gracht wird hier und da von Laternen beleuchtet, die in gleichmäßigem Abstand zueinander stehen.

Vor mir geht ein Mann. Jedes Mal, wenn die Gestalt in einen Lichtkreis tritt, sehe ich sie für einen Moment etwas besser. Die hochgezogenen Schultern. Der dunkle Mantel. Das weiße Gesicht im Schleier aus Licht und Regen. Er geht zwei Laternen vor mir, unbeirrbar.

Ich kenne diesen Mann.

Ich kenne auch die Gracht.

Aber dann.

Wenn ich meine Schritte beschleunige, um ihn einzuholen, bleibt der Abstand zwischen uns trotzdem gleich groß. Ich sehe, wie er stetig von Lichtkreis zu Lichtkreis geht und dass sich an diesem Abstand nichts ändert, sosehr ich mich auch bemühe.

Zwei Laternen, Regen, Dunkelheit. Und auch die Gracht nimmt einfach kein Ende.

So bleibt es, bis ich aufwache, mit dem Gefühl, noch lange nicht ausgeruht zu sein. Aber auch mit einem Gefühl des Unmuts über mich selbst und mein Unvermögen, dem Ganzen ein Ende zu machen.

Denn was soll dieses Theater, diese Geheimniskrämerei? Ich bin jetzt sechsundsechzig Jahre alt und habe immer gut geschlafen. Traumlos, solange ich mich erinnern kann.

Ansonsten habe ich, glaube ich, nicht mehr Phantasie als andere Menschen.

Und auf Besuch aus meinem Unterbewusstsein, was immer das sein mag, lege ich schon gar keinen Wert.

Ich habe nicht gezählt, wie oft der Traum wiedergekehrt ist, und kann auch nicht sagen, dass er mich belastet hat. Aber ich ertappte mich doch bei dem Wunsch, die Naturgesetze möchten endlich so funktionieren, wie es sich gehört, sodass ich mit meinen beschleunigten Schritten den Schemen irgendwann erreichen und ihm auf die Schulter klopfen könnte.

»Dijk!«, würde ich sagen.

Und sobald er sich umgedreht hätte: »Karl, hör auf damit.«

Dann würde es aufhören, denke ich.

Mir war durchaus bewusst, wie unsinnig mein Wunsch war, der offenbar davon ausging, dass mein ehemaliger Kollege Karl Dijk in dieser merkwürdigen Szene nicht nur agierte, sondern auch Regie führte. Obwohl ich vermute, dass das in Träumen doch ganz anders läuft. Träume erschafft man selbst oder etwas in einem erschafft sie, und die Außenwelt steuert lediglich die Kulissen und die Statisten bei.

Es war nicht so, dass ich mich meines Traumes schämte. Er beunruhigte mich auch nicht. Ich verspürte nur, wie gesagt, dieses leichte Gefühl der Verärgerung. Und trotzdem erzählte ich meiner Frau nichts davon, was sich nachts in unserem Bett abspielte, direkt neben ihrem großen, warmen Körper in dem dünnen Nachthemd mit den Schleifen. Dem weichen Körper, der einfach ruhig weiteratmete, während ihr Ehemann nach über fünfundvierzig gemeinsamen Jahren zusammen mit diesem seltsamen Dijk ziel- und grundlos im Regen eine Uferstraße entlangging.

Sorgen mache ich mir erst seit heute Abend.

1.1 | Kann man einen Traum in einem Traum haben? Und weiß man dann, was Traum 1 ist und was Traum 2 und wo der eine endet und der andere beginnt?

Das Problem, das sich heute Abend ergab, bestand darin, dass die plötzliche Wendung, die meine Geschichte nahm, so wirklichkeitsnah vonstattenging, inklusive nasser Kleidungsstücke und der naturgetreuen Kulisse unseres Wohnzimmers, dass ich keinen Hinweis auf den Zustand entdecken konnte, in dem ich mich befand. War es Wachen, war es Schlafen, war es Träumen …

Immerhin verfügte ich noch über den Reflex, den das jahrelange Arbeiten in einem großen Büro mich gelehrt hat: dass man ein Problem parken, in einen neutralen Zustand versetzen kann, während man auf eine neue Erkenntnis wartet oder auf den Moment, da es von selbst verschwindet. Einfach keine Meinung zu haben und keine Schlussfolgerungen zu ziehen mag nicht besonders befriedigend erscheinen, funktioniert aber manchmal am besten.

Wollen wir also sagen, dass es tatsächlich Nacht war und November, dass es tüchtig regnete und dass die Turmuhr der St.-Vituskirche elfmal schlug, sodass ich wusste, es musste exakt 1 Minute und 3 Sekunden nach elf sein. Die Schläge schallten über die nassen Dächer des stillen Vororts, in dem ich nun schon so lange wohne, dass ich noch weiß, die Kirche hatte dort einmal tatsächlich eine gewisse Bedeutung.

Das Uhrwerk funktioniert schon seit Jahren nicht mehr so, wie es sollte, aber daran nimmt niemand Anstoß. Weder die Gemeindeverwaltung noch der Kirchenvorstand und nicht einmal der diensttuende Pfarrer, der sonntags vor immer weniger Gläubigen am Altar genau unter diesem Glockenturm seine Predigt herunterleiert.

Das schwindende Interesse an Weihrauch und frommen Sprüchen kümmert mich nicht. Das mangelnde Interesse am Uhrwerk dafür umso mehr. Man achte einmal darauf: Überall in der Stadt gehen die Uhren jetzt anders, nicht nur an den Kirchtürmen, sondern auch an Ladenfronten, Straßenbahnhaltestellen, in öffentlichen Gebäuden. Wenn die Winterzeit auf Sommerzeit umgestellt wird und umgekehrt, zeigen die Uhren der Stadt an belebten Straßen und Plätzen noch monatelang mit ihren dicken schwarzen Zeigern auf großer weißer Fläche nachdrücklich die falsche Zeit an. Niemand, der die Verantwortung dafür übernimmt. Es scheint geradezu so, als gehörte die Zeit nicht mehr allen gemeinsam, sondern wäre inzwischen privatisiert, etwas, was man in eine Tasche steckt oder in einer Innentasche am Körper trägt. Als unterhielte jeder eine persönliche Beziehung zu der Atomuhr im Netz seines Mobiltelefons.

Ich bin ein umgänglicher Mensch, meist schiebe ich die

Dinge mühelos von mir. Doch die Schläge der Kirchturmuhr drängen sich einem mit ihrem sonoren Schall nun einmal auf, und daran gewöhnt man sich nicht, gewöhne ich mich nicht. Je öfter die Uhr schlägt, umso größer wird zudem die Ungenauigkeit; denn auch die Schläge selbst nehmen Zeit in Beschlag. Am späten Vormittag und am späten Abend ärgere ich mich folglich am meisten.

In mittelalterlichen Städten hatte immer ein Turm das Sagen, der höchste Turm, der des Doms oder der Kathedrale. Einfach deshalb, weil man ihm die größte Autorität zusprach – genauso wie der Handfläche, dem Fuß, dem Daumen und der Elle des Königs, wenn etwas gemessen wurde.

Ich schweife ab. Ich weiß. Alle diese Gedanken können nicht mehr Zeit in Anspruch genommen haben als den Bruchteil einer Sekunde. In dem Moment geschah nämlich etwas ganz anderes. Und darum geht es jetzt.

Ich saß in meinem Sessel, die Uhr schlug ihre zum Himmel schreienden Schläge, ich blickte von meiner Zeitung auf, sah jemanden mitten im Zimmer stehen und erkannte sofort, wer es war.

Es hatte nicht geklingelt. Keine Tür hatte sich geöffnet. Trotzdem stand er da.

Dijk. Ich blickte ihm jetzt genau ins Gesicht. Noch immer dieses verdrießliche Pferdemaul.

Dijk. Mit seinem fahlen Regenmantel, dessen Rücken und Schultern nass und dunkel vom Regen waren.

Dijk. Der Mann, der zu seiner eigenen Verabschiedung nicht erschienen war.

Er war es, ohne jeden Zweifel und bis in die kleinsten Details genau: mein ältester Kollege, Karl Dijk.

Um seine großen Füße tropfte Wasser auf den Teppich, Füße, die wie früher in Schuhen von unbestimmter Farbe steckten, einer Farbe, die man vielleicht als »dunkelbeige« oder »leberfarben« bezeichnen könnte, jedenfalls ein Ton aus dem Spektrum zwischen Braun und Grau. Die Schuhe hatten dicke Gummisohlen.

Er stand da und sagte nichts. Das war an sich nicht ungewöhnlich.

Wenn Dijk nicht gerade eines seiner leidenschaftlichen Plädoyers hielt, konnte er stundenlang schweigen, auch wenn er einem direkt gegenübersaß. Dijk sprach nicht aus Höflichkeit. Wenn er meinte, nichts Interessantes zu sagen zu haben, blickte er einfach durch einen hindurch, mit den Gedanken eindeutig woanders.

So war es auch jetzt, es schien, als habe er den Blick auf etwas weit jenseits der Tapete, des Kalks und der Steine gerichtet, aus denen die Zimmerwände bestanden.

Ich blinzelte. Es änderte sich nichts. Nur der Gaskamin rauschte lauter, flackerte kurz auf und warf eine warme Glut über Tische und Stühle und die Anrichte, auf der in polierten vergoldeten und verchromten Rahmen unsere Familienfotos prangen. Die Schatten wurden länger und schrumpften dann wieder auf ihre ursprüngliche Größe. Mit heftigem Fauchen kam das Gas wieder zur Ruhe.

Währenddessen blieb Dijk tropfend und schweigend mitten im Raum stehen. Seine klobigen Schuhe fest verankert im Muster des Perserteppichs, die nassen Haare von der knochigen Stirn straff nach hinten über den Schädel gekämmt. In der Hand hielt er eine Aktentasche, die ich wiedererkannte.

Hatte er Butterbrote mitgebracht, in einer Dose mit einem Gummiband darum herum? Das schoss mir kurz durch den Kopf. Dann kamen die anderen Fragen.

Wie war Dijk hereingekommen? Was war der Zweck seines Besuchs? Wo hatte er all die Jahre gesteckt? Warum murmelte er nicht einmal den Ansatz zu einer Entschuldigung oder, besser noch: eine Erklärung für seine ungeladene Anwesenheit?

Und warum gelang es mir trotz so vieler Fragen genauso wenig, ein Wort hervorzubringen?

Moment mal ... Spielte da, während er mich noch immer nicht direkt ansah, ein leises Lächeln um seine Lippen?

Ich spürte, wie der Ärger in mir zunahm. Ausgehend von meinen verkrampften Fingern und angespannten Schultern verbreitete sich dieses Gefühl kribbelnd durch den ganzen Körper, bis in meine Zehen und Kiefer.

Ich hätte die Stille auf verschiedenerlei Weise durchbrechen können. Mit einer lakonischen Bemerkung zu erkennen geben, dass mich sein merkwürdiger Auftritt unbeeindruckt ließ. Etwas im Stil von »lange nicht gesehen« oder »je später der Abend«.

Aber musste ich es denn normal finden, was Dijk hier tat? Obgleich wir uns schon so viele Jahre als Kollegen kannten, war er durch die Art und Weise, wie er hier erschien, auch zu einem ganz gewöhnlichen Eindringling geworden. Einem Ruhestörer. Zu jemandem, der nicht nur die Gesetze der Natur, sondern auch die des Anstands mit seinen Specksohlen trat.

Was Dijk sich hier erlaubte, war erstens nicht möglich und zweitens: So etwas machte man nicht.

1.2 | Ich schluckte, schloss die Augen, öffnete sie und schloss sie wieder.

Die Kirchturmuhr schlug einmal. Es war inzwischen halb zwölf. Ungefähr.

Hatte ich eine volle halbe Stunde in meinem Sessel gesessen und nur auf ein vages Lächeln gestarrt?

Im Raum herrschte wieder Stille, nachdem der Glockenschlag verklungen war. Auch der Gaskamin rauschte nicht mehr. Alle Gegenstände standen an ihrem Platz, regungslos. Wo Dijk gestanden hatte, befand sich nichts als Luft. Eine dämmrige Leere.

Ich erhob mich und kniete nieder, um die Abdrücke seiner Schuhe auf dem Teppich zu suchen. Ich strich über die lockere Wolle, spürte aber keine Feuchtigkeit. Hatten die dicken Teppichknoten die Tropfen zerplatzen lassen und dann im Verlauf von dreißig Minuten aufgesogen? Stieß Wolle Wasser denn nicht ab? Hätte ich bei Tageslicht mehr gesehen? Oder wäre er dann gar nicht hier gewesen?

Um etwas Vernünftiges über irgendein Phänomen sagen zu können, muss der Beobachter eine stabile Position einnehmen. Während ich wieder in meinen Sessel sank, dachte ich daran, dass meine Stabilität in der letzten Zeit möglicherweise zu wünschen übriggelassen hatte.

Zunächst einmal war da natürlich der wiederkehrende Traum gewesen, der mir nun schon seit Tagen ein Gefühl des Unausgeschlafenseins bescherte.

Überdies hatte ich eine tüchtige Erkältung gehabt, die mit leichtem Fieber einhergegangen war – wie hoch, wusste ich nicht, ich hatte das Thermometer nicht zu Rate gezogen, konnte aber nicht ausschließen, dass das Urteil »leicht« durch das Fieber selbst beeinflusst war.

Zu guter Letzt hatte ich mir einen Tag zuvor, als ich in unserer Vorratskammer nach einem kleinen Stück Packpapier suchte, beim Wiederaufrichten den Kopf an einem Schrankfach gestoßen. Und zwar ziemlich fest. Ein solcher Stoß könnte durchaus nachträgliche Phantasien zur Folge haben. Könnte eine Verschiebung der Schichten und Knoten, der Verknüpfungen in meinem Gehirn bewirken, die auch die Wahrnehmung beeinträchtigte.

Ich suchte nach Erklärungen. Doch was ich fand, überzeugte mich nicht. Und ja, ich begann mir jetzt doch Sorgen zu machen. Zunächst über mich selbst und dann auch über ihn. Über seine Erscheinung, besser gesagt. Denn ob er hier nun gewesen war oder nicht, dass ich ihn gesehen hatte, stand auf irgendeine Weise außer Frage.

Ich schloss erneut die Augen und versuchte, mir möglichst genau in Erinnerung zu rufen, was ich gerade wahrgenommen hatte. Die Gestalt. Die Kleidung. Die Feuchtigkeit. Sein Gesicht. Doch in dem Maße, in dem ich mir immer mehr Einzelheiten vergegenwärtigte, beschlich mich das Gefühl, dass dies nicht das Bild von soeben war, das ich von Neuem zusammensetzte, sondern dass ich auch auf die Tausende anderer Male zurückgriff, bei denen ich Dijk im Verlauf von über fünfundvierzig Jahren gesehen hatte. Alle diese Bilder schwangen unausweichlich mit und führten zu einer zusammengestückelten Zeichnung, in der sowohl der junge Mann aufschien, dem ich eines Wintermorgens vor langer Zeit zum ersten Mal begegnet war, als auch der kerzengerade, steife alte Kerl, der er zuletzt gewesen war, bevor er so plötzlich und spurlos verschwand.

Es konnte natürlich nicht sein, dass ein Gesicht bleich und faltenlos war und zugleich gerötet und von der Zeit gefurcht. Es konnte nicht sein, dass ich im selben Moment einen Schädel sah, über den die spärlichen Haare straff zurückgekämmt waren, aber auch die Bewegung wiedererkannte, mit der Dijk sich immer wieder eine dicke schwarze Locke aus der jungen Stirn strich. Es konnte nicht sein, es sei denn, man ging davon aus, dass es einen zeitlosen Ur-Dijk gab, den man normalerweise nie zu Gesicht bekam, von dem sich jedoch alle sichtbaren Verkörperungen ableiteten. Dann hatte ich gerade nicht nur eine seiner Erscheinungsformen gesehen, sondern den wahren Dijk.

Was sollte ich damit?

Eine zusammengestückelte Zeichnung ist kein Porträt, so jemandem begegnet man in Wirklichkeit nie.

In Gedanken schälte ich noch einmal sämtliche Versionen Dijks ab, die mir einfielen. Ich eliminierte sie eine nach der anderen und behielt danach nicht viel mehr als jenes Lächeln übrig, das nicht einmal charakteristisch für ihn war: Er konnte seine Mundwinkel sehr gut nach unten ziehen, nach oben gekräuselt sah man sie nie. Und trotzdem blieb jetzt nach verbissenem Nachdenken zum Schluss ein Lächeln übrig, ein Lächeln ohne Gesicht, wie bei der Katze aus *Alice im Wunderland*. Ich hatte das Buch meinem Sohn und meiner Tochter vorgelesen, hier, in ebendiesem Haus, während es draußen kalt und dunkel war, wie jetzt, drinnen aber geborgen und warm. Ich saß bei ihnen auf der Bettkante, das Buch auf dem Schoß, neben uns eine kleine Lampe, die Licht auf die Abbildungen einer Katze, eines Mädchens mit blonden Zöpfen, eines Kaninchens mit einer Uhr warf. Außerhalb des Lichtkreises befand sich die fröhliche Tapete, die es immer noch gibt, oben, in ihren Zimmern, auch jetzt, wo die Kinder nicht mehr da sind. Auch das Buch mit den Zeichnungen steht zweifellos noch im Regal.

In einem Impuls stand ich auf und ging durch den Flur bis zur Haustür. Daneben liegt ein kleiner Raum mit einem Schreibtisch, von meiner Frau »das Studierzimmer« genannt. Er dient mir zu nicht mehr, als die Rechnungen zu bezahlen. Dort sind die Steuererklärungen und Versicherungspolicen aufbewahrt, die Pässe und unser Familienbuch, genau genommen alles Dinge, um Überraschungen vorzubauen. Meine Frau stellt in diesem Raum regelmäßig eine Einkaufstasche mit leeren Flaschen ab; auch sie betrachtet das Studieren hier also eher als Idee.

Ich knipste die Schreibtischlampe an.

Mir schien, als müsste hier morgen, wenn vielleicht wieder helles Licht von einem saubergepusteten Himmel strömte, noch etwas sein, was an das Geschehene erinnerte. Etwas Greifbares, möglicherweise kein Beweis für das, was mir widerfahren war, aber doch ein Anhaltspunkt, etwas, das klarstellte, nicht alles war ein Traum gewesen.

Doch so einfach ist das nicht. Ich habe mich an den Schreibtisch gesetzt. Ich habe meinen eingetrockneten Füllfederhalter gefüllt. Ich habe den Stuhl näher an die Tischplatte gerückt. Und jetzt schwebt meine Hand unentschlossen über dem Papier.

Es ist nicht so, dass mir nichts einfiele. Es ist eher so, dass mir zu viel gleichzeitig in den Sinn kommt und ich nicht weiß, in welche Reihenfolge ich meine Erinnerungen an Karl Dijk, und an mich selbst, bringen soll.

Diese Katze aus besagtem Kinderbuch, stiftete die nicht auch gern Verwirrung bezüglich der Reihenfolge der Ereignisse? Und heißt es nicht, dass Menschen, die im Begriff sind zu sterben, ihr gesamtes Leben »wie in einem Film« an sich vorüberziehen sehen?

Letzteres trifft auf mich natürlich nicht zu. Ich bin keineswegs im Begriff zu sterben. Ich sitze auf meinem Schreibtischstuhl, der ein wenig knarrt, aber sehr bequem ist, und dieser mein etwas verbrauchter, etwas korpulenter Körper, der tut auch noch ganz gut, was er soll. Wenn ich aufschaue, sehe ich mein Spiegelbild im Fenster, hinter dem Regen und Wind in der Dunkelheit noch immer Wasser herabprasseln lassen und Sträucher peitschen. Ein älterer Mann, mit zerzaustem Haar und einem Kopf voll ungeordneter Erinnerungen.

Ein Film ist eine gerade Linie, ein Streifen aus Bildern mit einem Anfang und einem Ende. Sollte der in der Stunde des Todes tatsächlich mit dem Geräusch eines Maschinengewehrs, nur unendlich schneller, vom Projektor durch das Bewusstsein gezogen werden, vom ersten Herzschlag bis zum letzten Atemzug? Oder ist es eher so, dass man alles gleichzeitig sieht, vielleicht analog zu dem, was mir vorhin zu meinem Bild von Dijk in den Sinn kam?

Ein Ast schlägt an die Fensterscheibe. Mein Gedächtnis gleicht einem umgekippten Karteikasten. Alle Kärtchen mit Jahreszahlen, Ereignissen, Ansichten und Feststellungen liegen durcheinander auf dem Boden, manche noch mit einem bunten metallenen Reiter versehen, der angibt, dass sie damals wichtiger waren als die übrigen Daten – aber weiß ich noch, warum? Ich muss sie neu ordnen. Das Alphabet ist dabei ein genauso willkürlicher Ausgangspunkt wie die Chronologie.

Ich habe die Wahl. Soll ich beim Winter 1961 beginnen oder wende ich mich als Erstes dem Sommer 2007 zu? Ich habe keine Wahl. Das eine war der Beginn und das andere hätte das Ende sein sollen, hätte Dijk diesen Abschluss nicht in Frage gestellt – und damit im Grunde auch den Beginn.

In weiteren fünfundvierzig Jahren wird niemand mehr wissen, was das ist: ein Karteikasten.

1.3 | Das neue Gebäude der Behörde, die schon seit geraumer Zeit nicht mehr so heißt, stand in einem Vorort, der früher ein Dorf gewesen war, in einem Gewerbegebiet, das früher eine Wiese war und jetzt in erster Linie aus Parkplätzen, sehr vielen Parkplätzen bestand. Man betrat es durch eine riesige Halle, die eindeutig dazu bestimmt war, zu beeindrucken. Das neue Gebäude hatte einen Preis für das beste Bürohaus des Jahres erhalten.

Bestimmt dreißig Meter hoch war diese Halle, von der Außenwelt durch eine Fassade aus Spiegelglas getrennt und mit einem Fußboden aus rosafarbenem, in breiten Streifen verlegtem Marmor ausgestattet. Exakt in der Mitte hatte man ein sternförmiges Muster aus schwarzen und weißen Würfeln kreiert, das aussah wie eine Zielscheibe – obgleich das zweifellos nicht beabsichtigt war.

Hatte sich der Besucher erst einmal von dem ersten überwältigenden Eindruck erholt, so erblickte er ganz in der Ferne, am anderen Ende der Halle, einen Tresen mit zwei oder drei Frauen, die ihn empfingen. Sie waren mit Kopfhörern und Mikrofonen ausgestattet, weil sie gleichzeitig als Telefonistinnen fungierten.

Unsere Schicksalsgöttinnen. Unsere Verbindung zur Außenwelt. Mit einem Lächeln, das nie von ihrem Gesicht wich, mit ihren lackierten Nägeln und geschminkten Lippen walteten sie über die Fäden unseres Netzes. Sie konnten alles verwirren, konnten Verbindungen herstellen, die neue Perspektiven eröffneten, aber auch vielversprechende Kontakte plötzlich unterbrechen.

Ihre Attraktivität war ein wenig beängstigend. Selbst nach etlichen Jahren noch musste ich mir jedes Mal einen kleinen Ruck geben, ein leichtes Zögern, einen kleinen Widerwillen überwinden, bevor ich mich daranmachte, die rosafarbene Fläche zum schräg hinter ihnen befindlichen Fahrstuhl zu durchqueren. Es waren nicht immer dieselben Frauen, das erkannte ich an der Farbe ihres Haars oder manchmal auch ihrer Haut. Dennoch wirkten sie wie nach derselben Schablone modelliert, mit diesen Lippen, diesen Nägeln und diesen Wimpern. Ich vermutete, dass sie von einer Zeitarbeitsagentur kamen, denn bei Betriebsversammlungen und anderen Zusammenkünften sah man sie nicht.

In all den Jahren, in denen ich Morgen für Morgen und Nachmittag für Nachmittag an ihnen vorbeigegangen bin, ist mit keiner von ihnen etwas entstanden, das einem persönlichen Kontakt ähneln würde. Kein kurzes Gespräch, nie ein Blick des Einvernehmens, kein Hinweis auf die Art ihres Lebens hinter den Kulissen. Schlimmer noch: Ich selbst hatte häufig das Empfinden, an einem Casting für ein Theaterstück teilzunehmen, wenn ich aus der Drehtür trat, und dass sie, auf ihrem Podium, eine Jury bildeten, die nur Verlierer benannte. Unwillkürlich ordnete ich meine Kleidung, sobald ich in diese Tür trat, ich tastete nach dem Krawattenknoten – obwohl ich schon seit Jahren keine Krawatte mehr trug –, fuhr mir mit der Hand durchs Haar. Für einen Moment durchschoss mich dann ein Gefühl der Unvollkommenheit, des hoffnungslosen Versagens.

Wenn *ich* mich schon einigermaßen unwohl fühlte, wie musste dann erst Dijk mit seiner ausgeprägten Neigung, sich zu ärgern, jeden Morgen diese vierzig oder fünfzig Schritte getan haben? Beim Verlassen des Gebäudes konnte man dem Empfangstresen den Rücken entschlossen zukehren, doch beim Betreten ging man direkt auf die Frauen zu, das war nicht zu vermeiden. Ich denke, Dijk ging mit schnellen Schritten und wandte den Blick ausdrücklich keinen Moment von ihnen ab, sodass er durch die Schicksalsgöttinnen hindurchschaute. Er hatte kein Talent für Untertänigkeit, nicht einmal gegenüber dem Schicksal und dessen Dienerinnen.

Dieses Schicksal hatte in den Tagen, an die ich jetzt denke, die Gestalt oder, besser gesagt, die exuberante Persönlichkeit unserer neuen Direktorin angenommen, die verfügt hatte, dass das Dienstverhältnis von Karl Dijk zu guter Letzt beendet werden müsse. Und dass dies mit einer kleinen Feier in der großen Halle gewürdigt werden solle.

Es war ein erzwungener Abschied, einige Jahre vor seiner Pensionierung. Dijk hatte jedoch, soweit ich weiß und zu meiner Überraschung, nicht dagegen protestiert.

Die Feier war auf einen Donnerstagnachmittag, siebzehn Uhr, angesetzt worden, gleich nachdem die Anrufbeantworter eingeschaltet waren und die drei Frauen unter dem Glattstreichen ihrer Röcke und dem Griff nach ihren Handtaschen ihr Podium verlassen hatten, sodass das Unternehmen nun wie unter einer Glasglocke, in einer erschütterungsfreien Versuchsanordnung, von der Außenwelt abgeschlossen war.

Während ich vom obersten Stockwerk im gläsernen Fahrstuhl durch die Halle abwärts sank, sah ich, dass unter mir auf der einen Seite ein Tisch mit Papier abgedeckt und mit Tellern und Gläsern bestückt worden war, während man in einer anderen Ecke aus Rücksicht auf die eingeladenen Ehemaligen ein paar bequeme Sessel hingestellt hatte. Viele waren nicht gekommen. Kollegen hatte Dijk zwar gehabt, aber keine Freundschaften geschlossen.

Hier und da standen zum Glück ein paar der jetzigen Mitarbeiter, die sich geopfert hatten, etwa eine Dreiviertelstunde einem Glas und ein wenig Knabberzeug zu widmen, ein nicht unangenehmer Zwischenstopp auf dem ewig gleichen Weg nach Hause. Alle Anwesenden hielten sich an den Rändern der rosafarbenen Fläche auf. Dadurch glich die Mitte der Halle einer Arena, die frei bleiben musste für ein Bühnenstück oder einen Kampf.

1.4 | Bevor ich fortfahre, muss ich noch etwas zu der Empfangshalle sagen. Sie ist hoch, bestimmt dreißig Meter, und diese Höhe wird dadurch zusätzlich betont, dass das Dach aus Glas ist, eingefasst in weiße Metallträger. So ist immer ein großer Teil des Himmels zu sehen, mit Sonne, mit wechselhafter Witterung, mit Wolken. Die Außenwelt schaut herein, aber man spürt sie nicht.

Am größten Querträger im Dach der Halle, durch die ein schmaler Skyway verläuft, hängt ein Drahtseil, und daran ist ein mitten im Raum schwebendes Ungetüm befestigt.

Es handelt sich um eine Konstruktion aus horizontalen Metallbögen und weiteren Drahtseilen, allerdings dünneren, an deren Enden geometrische Formen in Primärfarben hängen; Gegenstände, die einander im Gleichgewicht halten, Würfel, Pyramiden, Kugeln. Sie bilden ein Hunderte Kilos schweres und viele Meter breites und tiefes Mobile. Ja, richtig: so ein Ding, das manchmal auch über der Wiege eines Neugeborenen hängt, um ihm spielerisch zu zeigen, dass sich die Welt bewegt und bewegen lässt. Unser Mobile jedoch hängt totenstill. Es ist nicht spielerisch, sondern eher bedrohlich.

Ich fürchte, es ist ein Kunstwerk. Ich fürchte, es will etwas über unsere Arbeit sagen. Und ich denke, das ist der Grund dafür, warum so viele die Halle nicht auf gerader Linie durchqueren, sondern einen leichten Bogen um die Mitte machen.

Der Fahrstuhl sank langsam an dem Ding entlang, vorbei an Stockwerken, in denen noch einige Kollegen in der sich leerenden Bürolandschaft arbeiteten, gut sichtbar wegen der vielen Glaswände. Wer jetzt noch nicht gegangen war, würde das Gebäude nicht mehr verlassen können, ohne in den Abschiedsempfang für den Mann zu geraten, der dem Namen nach nur noch für ganz kurze Zeit ihr Kollege war. Die Alternative: mindestens eine Stunde warten, obwohl Überstunden seit der Privatisierung noch miserabler bezahlt wurden als davor. In der Zwischenzeit im Mantel durch den Empfang zu streifen war keine Option.

Während ich weiter abwärts sank, sah ich unten in der Halle, wie eine Frau mit hellblauer Schürze sorgfältig ganze Gläserreihen mit Orangensaft, Rot- und Weißwein füllte. Auch die Platten mit Wurst und Käse und die Schälchen mit Nüssen versetzte sie in eine Ordnung von bewundernswerter Präzision.

Nicht weit davon entfernt sah ich die Direktorin, allein, ohne irgendeinen Kollegen in ihrer Nähe. Das schien sie nicht im Mindesten zu stören. Sie trug ein ziemlich auffälliges grellrotes Kostüm, das um ihre plumpen Schenkel spannte, und hielt ein paar Papierblätter in der Hand. Die Abschiedsrede.

Mit leisem Seufzer landete der Fahrstuhl im Erdgeschoss, und mit einem ähnlichen Geräusch öffnete sich die Tür.

Noch hatte niemand sich getraut, die Symmetrie der Gläser und Schälchen zu durchbrechen. Man wartete. Auf Dijk. Und auf die Rede, die ich für die Direktorin geschrieben hatte.

1.5 | Ihrem eigenen Büro hatte sie sofort nach ihrem Dienstantritt etliche persönliche Akzente gegeben. Eine Decke auf dem Sitzungstisch mit einem Muster aus Tieren in einem Blütenmeer. Ein Kaktus auf dem Aktenschrank, auch unter ihm ein farbenfrohes Stück Textil. Großformatige Fotos von zwei Kindern und einem offenherzig dreinschauenden Mann, die so auf dem Schreibtisch standen, dass der Besucher ihren gutgelaunten Blicken nur schwerlich ausweichen konnte. Die gerahmten Bilder an der Wand waren zweifellos von ebendiesen Kindern gemalt worden, mit dicken Klumpen Fingerfarbe.

Hier sah es ganz anders aus als im Rest des Bürogebäudes, das vornehmlich in Grau und Weiß gehalten war, mit lediglich einer Grünpflanze hier und da, deren Wurzeln in einem großen Gefäß mit braunen Kügelchen begraben waren und deren dicke grüne Blätter das Tageslicht nie wieder sehen würden.

Die Direktorin war überaus herzlich, als sie mir darlegte, weshalb es für alle besser sei, wenn Dijk seinen vorzeitigen Ruhestand akzeptieren würde. Sie schenkte mir Tee ein. Deutete einladend auf eine Schale mit Brezeln und Mürbeteigplätzchen.

Das Unternehmen sei in eine neue Phase eingetreten – ja, wieder einmal, konnte ich nicht umhin zu denken.

Dijks Verdienste hingegen, und sie seien unbestreitbar zahlreich, gehörten jedoch in erster Linie der Vergangenheit an.

Wir müssten, jetzt mehr denn je, an die Zukunft denken.

Und die Zukunft, das bedeute permanente Veränderung. Unaufhörliche Bewegung. Man stelle sich mal vor: Nie mehr würde etwas so bleiben, wie es war. Die Kompetenz von heute sei das Museumsstück von morgen. Man könne das als Verlust betrachten oder als Bedrohung. Aber vor allem sei es eine Herausforderung, eine Chance.

Ich hatte ihr bis dahin wohlwollend zugehört. Was sie da erzählte, davon las man gelegentlich, und unter Kollegen hörte man es immer häufiger. Für derlei Überlegungen sprach tatsächlich vieles. Bis man sie in die Tat umsetzte. In einer konkreten Situation. Dann schlug bei mir der Zweifel zu. Aber ich hatte auch nie die Ambition, Chef von so etwas Kompliziertem wie einer Ansammlung arbeitender Mitmenschen zu sein.

Während die Direktorin sich ein zweites Mürbeteigplätzchen von der Schale nahm und ihren gierigen Lippen zuführte, versuchte ich mir vorzustellen, welche Chance sie Dijk nun eigentlich bot. Das Wort Herausforderung konnte ich schwerlich mit ihm in Verbindung bringen, wenn es nicht mit seiner jetzigen Arbeit zu tun hatte. Eher klang es wie der schrille Ausrutscher eines Kreidestücks auf einer Schultafel denn als reizvolle Perspektive, die sich mit welchem Schreibgerät auch immer skizzieren ließ. Doch ich hielt meine Gesichtszüge unter Kontrolle und die Hände vor der Brust gefaltet.

Ob die Direktorin sich auch, wenn sie hier allein war, an

diesen Süßigkeiten gütlich tat? Zerbiss sie mit ihren kleinen, scharfen Zähnen abwechselnd eine zuckerglänzende Brezel und einen in Schokolade getauchten Mürbeteigkeks, während sie ein neues Spreadsheet mit Betriebsergebnissen studierte oder Änderungen im Organigramm vornahm und Namen durchstrich?

Ich versuchte mir vorzustellen, wie auch Dijk hier vor Kurzem gesessen hatte, auf diesem Stuhl und mit derselben Aussicht, während die Familie der Direktorin ihn jedes Mal zutiefst zufrieden ansah, sobald er den Blick hob. Aber es gelang mir nicht. Es erschien kein Bild.

Neben dem Foto des wohlgenährten Trios lagen auf dem Schreibtisch zwei Mandarinen, ein praller Terminkalender mit Schutzumschlag und überall stapelweise Papier, gebunden, in Mappen, lose oder lediglich mit einer Büro- oder Heftklammer zusammengehalten. Die Direktorin war als Befürworterin verstärkter Digitalisierung bekannt, las selbst aber offenbar noch gern auf Papier. Das wiederum nahm mich für sie ein.

»Wir kommen in der Halle zusammen, nicht in der Kantine«, sagte sie. »Damit es besonders festlich wird. Wir laden auch Ehemalige ein. Großherzig. Leute, die ihn gekannt haben und ihm am Herzen liegen. Und dann möchte ich sehr gern eine persönliche Ansprache halten, mit allen Höhepunkten seiner Karriere. Dabei hilfst du mir doch, oder?«

Eine Stille entstand, während der sie mich hoffnungsvoll ansah. Fast sehnsüchtig, mit leicht geöffnetem Mund, in dem die letzten Kekskrümel verarbeitet wurden. Sie schob sie mit der Zunge hinter die Backenzähne.

Ich muss ihren Blick einigermaßen hilflos erwidert haben. Das lag an ihrer Bitte, die ich ihr kaum würde abschlagen können. Obgleich es mir schwerfiel, mir das Dienstverhältnis von Karl Dijk als Karriere vorzustellen, geschweige denn eine mit »Höhepunkten«.

Meine Verwirrung rührte jedoch in erster Linie daher, dass meine Aufmerksamkeit, während die Direktorin sprach und mein Blick durch den Raum schweifte, genau in diesem Moment von einer Reihe kleiner Gegenstände abgelenkt wurde, die sich am äußersten Schreibtischrand befanden. Auf der nutzlosen kleinen Fläche hinter dem Telefon stand eine Serie von Henkelgewichten, insgesamt acht Stück, jeweils versehen mit einer Zahl, die sich zwischen 10 Kilo und 10 Gramm bewegte. Es waren Miniaturausführungen, sodass das Zehnkilogewicht vermutlich nicht viel mehr als 100 Gramm wog, sofern es überhaupt auf eine glatte Zahl justiert war, und der kleinste Gegenstand kaum noch etwas. Daneben war eine in fröhlichen Farben gestrichene Miniaturbalkenwaage platziert, bei der auf den ersten Blick zu erkennen war, dass sie unmöglich würde funktionieren können; die Waage war in der Mitte am Rahmen festgelötet.

Die Direktorin war sicher überzeugt, ihre Verbundenheit mit dem Beruf durch das Zurschaustellen dieser kleinen Gegenstände zum Ausdruck zu bringen, aber ich wusste genau, dass Dijk daran mindestens so viel Anstoß genommen hatte wie an dem riesigen Ding in der Halle.

Auf einmal konnte ich mir nur zu gut vorstellen, wie er dort gesessen hatte, mit diesem seinem Gesicht und in diesem zerknitterten grauen Anzug. Und auch, was er gefühlt und gedacht hatte.

Er hatte die unnützen kleinen Gegenstände gesehen.

Er hatte sie betrachtet und erkannt und als eine Methode verstanden, ihn und seine Arbeit zu verspotten.

Vielleicht hatte dieser Anblick den Ausschlag bei seiner Entscheidung gegeben, sich gegen seine Entlassung nicht zur Wehr zu setzen.

Er war selbst zum Museumsstück geworden – nein, schlimmer noch: zu einem Andenken aus dem Museumsshop. Aus Heute war bereits Gestern geworden, und in diesem mit Ablenkungen vollgestopften Büro war er umzingelt von der Realität von morgen.

»Mir ist klar, dass das eine große Verantwortung bedeutet und dass du viel zu tun hast«, hörte ich die Direktorin sagen. »Aber ich sorge dafür, dass du ein paar Tage freigestellt wirst. Ich lasse dir die Personalakte von unserem Karl noch heute Nachmittag bringen. Sie sollte alle relevanten Fakten enthalten. Und komm ruhig zu mir, wenn du noch etwas wissen willst. Meine Tür ist immer offen!«

Mit diesen Worten erhob sie sich, ein Zeichen, dass unser Gespräch beendet war.

Ich hatte noch nichts erwidert und daher ihrer Bitte auch nicht zugestimmt, die natürlich keine Bitte war, sondern nur als dienstlicher Befehl verstanden werden konnte.

Dieses klare Wort Dienstbefehl, das hörte man eigentlich auch nie mehr.

Sie begleitete mich hinaus. Mir würde nichts anderes übrigbleiben, als mich der lästigen Aufgabe zu widmen. Hinter mir schloss sich die Tür ihres Zimmers mit einem Klicken.

Ein paar Wochen später stand ich nun also in der Halle des Gebäudes, neben den in Reih und Glied aufgestellten Gläsern mit Wein und Orangensaft und zwischen Grüppchen von Mitarbeitern, die sich in gedämpftem Ton unterhielten.

Es war inzwischen nach fünf, fast Viertel nach fünf. Wer hinaufschaute, an dem gusseisernen Mobile vorbei durch das Glasdach, sah einen unruhigen Himmel mit dahinjagenden dunklen Wolken, die mal einen bedrohlichen Schatten warfen, mal ein gemeines, grelles Licht durchließen, das vom Glas kaum gemildert wurde. Alles, was zwischen uns und dem Himmel zu sein schien, war dieses glänzende, reglose Ungetüm, das, obwohl von niemandem betrachtet, dennoch seine tonnenschwere Anwesenheit über unseren Köpfen spüren ließ.

Die Direktorin blickte in meine Richtung.

Ich ging zu ihr.

Sie lachte wie immer, breit, gewinnend. »Er macht's spannend, nicht wahr.«

Ich zuckte mit den Achseln.

»Gleich hat er seinen fürstlichen Auftritt. So kennen wir ihn doch? Nicht wahr?«

Nicht wahr. Sie kannte ihn überhaupt nicht. Sie wusste nichts von ihm. Und das galt auch für die meisten anderen Anwesenden, inzwischen ungefähr zwanzig an der Zahl. Dijk war für sie nicht viel mehr als eine vage Reputation, eine Gestalt, die morgens im Regenmantel das Gebäude betrat, jemand, dem man nur noch selten in einer Sitzung oder am Kaffeeautomaten begegnete und der sich nie in der Kantine blicken ließ.

Jetzt wandte sich die Direktorin an die verstreut herumstehenden Anwesenden, zögernd, an welche Gruppe sie sich wenden sollte. Also beschrieb sie mit ihrem Kopf einen weiten Halbkreis, während sie sprach, und erhob die Stimme.

»Meine Damen, meine Herren! In Erwartung unseres wichtigsten Gastes ist das Büfett schon mal eröffnet!«, rief sie in einem schrillen, kräftigen Ton.

1.6 | Am Nachmittag nach unserem Gespräch wurde mir die Personalakte zur Verfügung gestellt. Will sagen: Auf meinem Bildschirm erschienen diverse Daten, die ich mit einer Mischung aus Neugier und Verlegenheit anklickte.

Es zeigte sich, dass es für beide Gefühle keine Veranlassung gab. Die elektronische Akte enthielt nicht viel mehr als die Personalien von Dijk sowie den Vermerk, dass es Gespräche über eine vorzeitige Beendung des Dienstverhältnisses gegeben hatte. Nirgends jedoch fand ich ein Protokoll dieser Gespräche. Letzten Endes hatte man, wie mir klar wurde, eine Regelung getroffen, und die war nicht einmal ungünstig für Karl Dijk.

Ich fand nichts, das mit seinem Dienstantritt und dem weiteren Verlauf seiner »Karriere« zu tun hatte. Der größte Teil seines Arbeitslebens hatte sich in einer Zeit abgespielt, als alles auf Papier festgehalten wurde. Diese Daten waren nicht digitalisiert worden.

Es kostete mich drei Tage, an besagte Unterlagen in Papierform zu kommen. Drei Tage erschöpften Seufzens und dazu die kaum verhohlene Geringschätzung der Abteilung, die sich früher Personalangelegenheiten nannte, jetzt aber unter

Humanressourcen firmierte. Der Mitarbeiter, der mir schließlich meldete, er habe die gewünschten Schriftstücke gefunden, machte wirklich den Eindruck, er habe die tiefsten Erdschichten anbohren müssen und sei mit dem schmuddeligen Mineral an die Oberfläche gekommen, Zeug, das sich bei Berührung mir nichts, dir nichts an Händen und Kleidern festsetzen konnte.

Aber es waren einfach nur drei Pappmappen. Sie wurden vor mir auf einen leeren Tisch im Keller des Gebäudes gelegt. Dort war ich noch nie gewesen. Es gab graue Türen ohne Aufschrift oder Namensschild. Über die Decke liefen Rohre und Kabel. Aus der Heizungsanlage ertönte gedämpftes Rauschen und Klopfen. Es glich weniger einem Bergwerksschacht, sondern eher der Quarantäneabteilung eines Krankenhauses oder dem Inneren eines Raumschiffs.

Die drei Mappen wurden von altersbrüchigen Gummibändern zusammengehalten. Der Karton der Mappen selbst war an den Rändern weich und flockig geworden. Ich klopfte ein bisschen Staub ab und wurde mir bewusst, dass es auch über mich so eine tief vergrabene Dokumentation geben musste.

Obwohl ich ganz allein in dem Kellerraum war, blickte ich mich unwillkürlich um, bevor ich mir den fahlrosa Karton an die Nase hielt und versuchte, ob noch etwas von der Vergangenheit zu riechen war.

Ich hatte bereits gesehen, dass Dijks Bewerbung in der Mappe lag und sogar die Aufgaben, die wir für die Aufnahmeprüfung hatten lösen müssen.

Wo hatten sich die Mappen all die Jahre befunden, seit

1960? Waren sie irgendwo, irgendwann, mit Feuchtigkeit in Kontakt gekommen, die in den Karton gezogen war? Vielleicht schon vor langer Zeit, in der Brouwersgracht? Oder bildete ich mir das nur ein, und es war nichts Spezielles, das ich roch, sondern einfach der Geruch alten Papiers? Ein bisschen traurig, ein bisschen verwaist.

2

Der 2. Januar 1961 war ein Montag. Den ganzen Tag über sollte sich die Sonne nicht zeigen, und aus den tief hängenden Wolken strömte Stunde um Stunde eiskalter Regen herab, der kleine Krater in das dunkle, in diesem Winter noch keinmal gefrorene Wasser schlug. Auch die Uferstraße war nass und schwarz. Es war kurz vor acht Uhr morgens und noch fast dunkel, als ich, die Hände in meinem Dufflecoat vergraben und die Schultern hochgezogen, an den spärlich erleuchteten Speichern und Wohnhäusern entlangging.

Der Kalender mochte zwar behaupten, das neue Jahr trage die Zahl 1961, doch nach der Umgebung zu urteilen hätte es, zumal bei diesem spärlichen Licht, genauso gut 1951 oder 1941 sein können. So ewig gleich und ewig ärmlich sah dieser Teil der Stadt mit seinen hohen Speicherhäusern und schemenhaften kleinen Werkstätten aus. Zeit ist Raum, Distanz. Wie übrigens auch das Gewicht. Diese Vorstellung ließ sich hier mit Händen greifen.

Den Speicherhäusern fehlten noch immer Türen, die während des Krieges verheizt worden sein mochten und danach durch provisorische und nicht zueinander passende ersetzt worden waren. Im Wasser lagen die Hausboote wie ein zum Stehen gekommener Prozessionszug, eine geschlossene Reihe von Frachtschiffen mit längst festgerosteten Maschinen, stümperhaft ausgebauten Schuten und ausrangierten

Vergnügungsbooten; sie drückten sich frierend an die Uferbefestigung, manchmal zu dritt nebeneinander, fast ausnahmslos ohne Anstrich und allesamt schlecht und recht bewohnt, das war an den Gardinchen und an den dünnen Rauchschwaden zu erkennen, die sich grau im Morgendunkel kringelten.

Die wenigen herrschaftlichen Häuser an der Gracht sahen nicht viel besser aus. Oder schien das nur so durch die Dunkelheit und den Regen? Nein, das glaube ich nicht. In meiner Erinnerung liegt in jenen Jahren, die wir heute die »Nachkriegszeit« nennen, fortwährend ein Schmutzschleier über der ganzen Stadt.

Streng genommen leben wir noch immer in jener Zeit. Dennoch empfindet man es nicht so, und das liegt am Reparieren, Ersetzen und Säubern. Die schmuddeligen Ablagerungen der Vergangenheit sind verschwunden, überstrichen mit dem Hochglanz der Gegenwart.

Damals gab es an der Brouwersgracht nur ein Gebäude, das sich deutlich von den übrigen abhob, nicht zuletzt weil es erst kürzlich frisch gestrichen worden war. Dorthin begab ich mich an jenem Morgen.

Das Gebäude war nicht hoch und schmal, sondern niedrig und breit; es hatte lediglich ein Stockwerk und darüber gleich das Dachgeschoss.

Es hatte große Fenster, aus denen helles Licht nach draußen fiel, und zwei breite Flügeltüren.

Mitten im dreieckigen Giebelfeld war das Wappen des Königreichs der Niederlande angebracht. Darunter, auf dem Giebelgesims, war in scharf umrissenen schwarzen Buchstaben *ein* Wort, *ein* Name, *ein* Begriff zu lesen: EICHAMT. In kunstvoll geschwungenen Lettern.

Der hochgewachsene junge Mann in dem dünnen Mantel, der vor mir in jeden Lichtkreis hinein- und wieder aus ihm herausgetreten war, blieb vor dem Gebäude stehen, blickte kurz hoch, drückte dann entschlossen die Tür auf und ging hinein. Ich hatte meine Schritte immer mehr beschleunigt, bis ich direkt hinter ihm stand, und fing die Tür gerade noch auf, bevor sie, durch einen abgenutzten Schließer kaum verzögert, wieder zufiel.

2.1 | Drinnen war es hell und warm, und es roch schon an der Tür nach Öl und Zigarettenrauch. Es sah hier ganz anders aus als am Tag meines Bewerbungsgesprächs, als ich bei spärlichem Mittagslicht den Rechentest gemacht hatte. Trotz meiner Nervosität hatte ich mühelos bestanden und war zu der zweijährigen besoldeten Ausbildung zugelassen worden.

Der hochgewachsene junge Mann drehte sich um und blickte forschend in meine Richtung. Ich streckte die Hand aus und nannte meinen Namen. Er schien kurz zu zögern, bevor er den seinen nannte. Dann erwiderte er die Geste, sein Händedruck war fest, kurz, entschlossen. Ich fühlte seine knochigen Finger.

Zum ersten und auch zum letzten Mal, glaube ich. Denn danach haben wir uns nie wieder die Hand gegeben. Nicht einmal bei einer Beförderung oder zu Beginn eines neuen Jahres taten wir das, und neue Jahre sind seitdem doch in großer Zahl gekommen und gegangen. Erst jetzt wird mir bewusst, dass dies ein einzigartiger Augenblick war. Unsere Hände waren kalt und nass.

Wir konnten nicht in dem kleinen Vorraum bei der hohen Tür stehenbleiben, denn hinter uns ging diese auf und zu, wobei jedes Mal ein Schwall Kälte aus der Dunkelheit hereinkam, gefolgt von ein oder zwei Männern. Hochgeschlagene Krägen, ein Hut, ein Regenschirm, ein paar Mützen. Manche der Männer sahen uns an, hie und da grüßte einer. Während sie sich an uns vorbeidrückten, stieg uns einen Moment lang der Geruch ihrer feuchten, dampfenden Mäntel entgegen. Haarwasser, kalter Zigarettenrauch. Unsicher folgten wir ihnen über den Terrazzoboden eines langen Flurs, durch eine zweite Halle, am Besucherschalter und einem Schild vorbei, das mit einem Pfeil auf den Nacheichraum verwies.

Danach kamen:

Die Begrüßung durch den Mann, der unser direkter Vorgesetzter sein würde.

Die ersten Anweisungen, ehrlich gesagt nicht viele.

Unser eigenes Büro mit zwei altersschwachen Schreibtischen sowie an die Tür geschraubten Kleiderhaken für unsere Mäntel.

Schubladenschränke an den Wänden. Darauf Kartons, Ordner, Mappen.

Brote in Pergamentpapier, die in eine Schreibtischschublade gelegt wurden.

Die Hausordnung, ein paar Bücher.

Ein noch nicht angespitzter Bleistift.

Die Lampen blieben eingeschaltet, den ganzen Tag.

Als wir uns vis-à-vis voneinander niedergelassen hatten, fragte ich, ob ich ihn Karel nennen dürfe.

»Nein«, sagte er und sah mich starr an.

Ich erwiderte seinen Blick erstaunt. Ich hatte freundlich sein, die Basis zu einem guten Einvernehmen legen wollen.

Die Stille hielt ungemütlich lange an. Bis er sich vorbeugte, noch immer mit strengem Blick, und nachdrücklich sagte: »Du darfst mich Karl nennen. Nicht Karel. Kar mit lediglich einem Buchstaben dahinter. Nicht zwei. Einem.«

Diese Korrektur habe ich ihn in den darauffolgenden Jahren noch viele Dutzend Male aussprechen hören, denn ich war natürlich nicht der Einzige, der »Karel« verstand, wenn er sich vorstellte. Es war ein normaler Reflex, seinen ungewöhnlichen Vornamen mit dem urholländischen Familiennamen in Einklang zu bringen. Doch das ließ er nicht zu. Ungerührt, aber entschieden korrigierte er seine Gesprächspartner. Immer – auch in Situationen, in denen es wirklich nichts ausmachte, in denen er seinen Widerspruch genauso gut hätte unterlassen können.

Dass recht haben und recht bekommen nicht zwangsläufig zusammengehen, war eine Weisheit, mit der Karl Dijk nichts anzufangen wusste.

Ich bin mir sicher, dass ich es war, der die erste Zigarette anbot. Ich rollte vorsichtig eine dünne Schicht Tabak in das Papier, leckte daran und klebte es zu, legte es beiseite und hielt danach Karl Dijk den Beutel hin. Er nickte und beugte sich vor, erhob sich halb und nahm Tabak und Zigarettenpapier von mir entgegen. Kurz darauf gab er uns beiden Feuer. Und während sich ein angenehmer scharfer Geruch über die

Schreibtische mit ihren Kerben und Tintenflecken und in den Raum zwischen uns verbreitete, musterten wir uns gegenseitig sorgfältig. Blicke, die einander kreuzten, einen ersten Eindruck festigten. Ein Lächeln auf zwei Lippenpaaren, dazwischen sich kräuselnder Rauch.

Moment mal.

Ein Lächeln.

Warum ist dieses eine Lächeln durch die Zeit erhalten geblieben, über mehr als fünfundvierzig Jahre hinweg? Nur, weil ich mich aus der Zeit danach an keinen Moment mehr erinnern kann, in dem ich Dijk habe lachen sehen?

Damals herrschte noch nicht die Gewohnheit, einander gleich bei der ersten Begegnung die ganze Lebensgeschichte zu erzählen. Es gab keine Sitzungen und es gab keine »Vorstellungsrunde«. Beziehungen hatten etwas damit zu tun, was die Leute machten, nicht damit, wer sie sein wollten. Dieses wortlose Rauchen war mehr als genug an Intimität.

Man könnte sagen, von diesem Moment an war unser beider Schicksal miteinander verbunden. Aber das sind große Worte, und große Worte benutzten wir nicht. Große Worte gehörten zum Krieg, und der war offiziell vorbei.

Ich war achtzehn, 1943 geboren, dem Jahr, in dem ein kleines p als Kennzeichen in geprüfte Maße und Gewichte geprägt wurde. Ich war ein p. Dijk, so schätzte ich, war etwas älter. So verhielt er sich zumindest. Vielleicht war er ein n, in Gleichungen die Unbekannte.

Wir haben vermutlich beide erkannt, dass dies der Beginn von etwas war, was lange währen konnte, denn die Entscheidung für eine Stelle war zu jener Zeit noch nichts Befristetes und Vorläufiges. Die permanente Veränderung war noch nicht erfunden oder zumindest nicht als gesellschaftlich wünschenswert akzeptiert. Fortschritt wurde damals noch »Gesundung« genannt. Damit war etwas gemeint, das solide sein musste, beständig. Und jetzt mal ehrlich: Was war solider und beständiger als unsere Behörde, die ihren Ursprung bis weit hinein ins vorige, ins neunzehnte Jahrhundert zurückverfolgen konnte?

Es war also nicht undenkbar, dass wir die kommenden Jahrzehnte in gegenseitiger Nähe verbringen würden. Einander älter werden sehen würden im Dienste des Eichwesens, beschützt durch das breite Gebäude und die gesetzlichen Vorschriften, die ihrerseits wieder unverbrüchlich mit dem verbunden waren, was im Jagdschloss von Breteuil bei Paris aufbewahrt wurde, nämlich das Urkilo und der Urmeter, feste Werte, die man damals, als sie von jenem ewigen Optimisten, dem Marquis de Condorcet, festgelegt wurden, als »für alle Zeiten und für alle Menschen« gültig bejubelte.

Condorcet, Méchain und Delambre sowie unser berühmter Landsmann van Swinden. Ich würde nicht so weit gehen zu behaupten, dass dem historischen Abriss, den wir uns für das Dienstexamen samt Jahreszahlen anzueignen hatten, unser größtes Interesse galt, aber eine gewisse Vorstellung ist doch hängengeblieben, und zwar diese: dass wir die Fortsetzung einer Tradition darstellten. Und, wer weiß, vielleicht haben wir tatsächlich unbewusst danach gehandelt. Wir haben unseren gesamten beruflichen Werdegang bei der Behörde absolviert. Jedenfalls bei der Behörde in ihren aufeinanderfolgenden Mutationen; zurzeit heißen wir BV METRIFACT.

Dass sich so viel ändern könnte, kam uns nicht in den Sinn – und an jenem Januarmorgen des Jahres 1961 hielten wir uns damit, jung und guten Mutes, ganz gewiss keinen Moment lang auf.

Genauso wie an jenem Tag, dem ersten Werktag des neuen Jahres, auch kein einziger Gedanke an den Jahreswechsel als solchen verschwendet wurde. Keine Ansprache des Direktors, die uns an das Verstreichen der Zeit, an die Zukunft und die Vergänglichkeit erinnerte, kein obligatorisches gemütliches Beisammensein am Ende des Tages. Mit dem neuen Jahr hatte an jenem Morgen ganz einfach die Arbeit wieder begonnen.

Wir rauchten.

Wer so jung ist, hat keine Vorstellung von sich selbst und von der Welt vierzig Jahre später. Wer sechzig ist, bildet sich zwar ein, zurückblicken zu können, doch den Blick von damals hat man nicht mehr.

Wir rauchten.

Auf dem Innenhof pladderte Wasser aus einer überlaufenden Dachrinne.

Über der Uferstraße hing das Reichswappen im Dämmerlicht des Regens, und der Regen hat in meiner Erinnerung an jenem Tag keinen Moment aufgehört.

2.2 | Dijk war es, der mir erklärte, wie es sich mit diesem schwebenden Ding, diesem Mobile in der Halle, verhielt: warum es mich zumindest hätte berühren müssen und warum es sein Unbehagen weckte. Dabei war Unbehagen noch mild ausgedrückt. Empörung, Wut, Abscheu – das waren die

Emotionen, die man bei ihm recht häufig vermutete und die er manchmal sichtbar zu unterdrücken versuchte. Auch damals.

Es war an einem jener Nachmittage, als ich eben mal bei ihm in seinem entlegenen Winkel des Gebäudes vorbeischaute und in der Tür seines kleinen Arbeitszimmers stehenblieb. Er hatte Aussicht auf die Autobahn, unaufhörlich rasten Wagen vorbei. Es war im letzten oder vorletzten Jahr vor seinem Abschied.

Er konnte das gut, der Karl Dijk: erklären, wie sich etwas verhielt, wie etwas wirklich funktionierte – und das war immer anders, als die einander nachplappernden Chefs und sogenannten Experten behaupteten, anders auch als das, was man im Fernsehen sah oder in der Zeitung las oder was man selbst möglicherweise bei oberflächlicher Betrachtung bequemlichkeitshalber angenommen hatte.

Er sprach dann in eindringlichem Ton, etwas lauter als normal, und schon bald waren seine großen Wangen gerötet. Als werde er selbst als Erster vom Feuer seiner Ausführungen erfasst.

Es kam einem dann nicht in den Sinn, ihm zu widersprechen, nicht einmal in einem Punkt von untergeordneter Bedeutung. Man wusste, er würde einem nicht recht geben; Dijk ging es um den totalen Sieg, Gnade gegenüber Unverständnis oder Unwissenheit kannte er nicht.

Man wusste auch, dass seine Ausführungen viel Zeit kosten würden; Dijk baute seine Argumentation sorgfältig auf.

Nun gut. Mit besagtem merkwürdigem Ding wurde ich jeden Tag konfrontiert. Mit diesen geometrischen Formen (worauf bezogen sie sich?) und dieser »Farbenfreudigkeit«

(worüber freuten sie sich?). Weshalb es dort also auf keinen Fall hängen sollte, durfte, konnte – das wollte ich gern wissen, das interessierte mich.

Es fange schon damit an, so führte Dijk aus, dass es so lachhaft viel wiege. Und das ohne Funktion. Das Mobile wolle uns nämlich nichts über Gewicht oder Masse sagen. Wäre dem so, dann würde es uns allenfalls vor Augen führen, dass die Träger im Hallendach für ihre Aufgabe richtig berechnet worden sind. Oder dass der riesige Bolzen, an dem das Drahtseil hängt, noch immer ordnungsgemäß festsitzt. Aber was für eine dämliche Aussage wäre das denn um Himmels willen?

Nein, die Konstruktion sei offenbar dazu gedacht, ja, dieser Verdacht sei ihm nach langem Nachdenken sogar zur Gewissheit geworden, auf symbolische Weise etwas über die Arbeit all derer auszusagen, die täglich unter ihr hindurchgingen.

Was das sei? Welche Botschaft wollten die Konstrukteure des Dings übermitteln?

Ich lehnte mich etwas fester an den Türpfosten, kreuzte die Arme und sah ihn mit einem Blick an, der als Ermunterung gedacht war.

Gleichgewicht. Die Kugeln und Dreiecke, die in grellen Farben gestrichenen Formen bedeuteten an sich nichts. Weder ihre Gestalt noch ihre Masse spiele eine Rolle. Sie hingen da nur, um unsere Aufmerksamkeit auf den Zustand perfekter Balance zu lenken, in dem sie miteinander verbunden sind.

»Aber unsere Arbeit hat nichts mit Gleichgewicht zu tun«,

fuhr er langsam und jedes Wort so gut mit dem nächsten verbindend fort, dass ich seine Botschaft richtig verstehen würde und keinen Einwand vorbringen könnte. »Das Gleichgewicht ist an sich nicht interessant, das Gleichgewicht sagt nichts über den Wert aus. Für das Gleichgewicht spielt es keine Rolle, ob das, was an den Querträgern hängt, aus Gusseisen ist oder aus Papiermaché.«

Sein abschließendes Urteil lautete: »Was da schwebt, ist folglich Kitsch. Nichts wird mit nichts verglichen.«

Ich dachte bei mir, Dijk sei wieder einmal sehr streng. Ich hätte erwidern können, dass wir doch alle das kleine Vergnügen kannten, wenn der Zeiger genau in der Mitte stehenblieb, das Zimmermannsauge Gewicht oder Länge richtig geschätzt hat, die Erleichterung, dass nichts verändert, diskutiert, justiert zu werden braucht. Fertig. Nichts mehr zu tun. Natürlich war es eine Form von Faulheit, und es waren nur Augenblicke, aber trotzdem … durfte dafür nicht ein bisschen Raum sein?

Nein.

»Es hat einen hochgeachteten Denker gegeben, einen Deutschen, der behauptet hat, alles Vergängliche sei ein Gleichnis, also eine Art Vergleich. Eine überaus fragwürdige Äußerung, solange man nicht erklärt, was man womit vergleicht. Man hat nichts davon, einfach ein paar Übereinstimmungen festzustellen. Äpfel mit Äpfeln zu vergleichen ist Unsinn. Aber Äpfel mit Birnen, das kommt der Sache schon näher. Wenn man weiß, was ein Apfel ist, kann man feststellen, wodurch sich die Birne von ihm unterscheidet. Man muss das Unbekannte vom Bekannten herleiten …«

Ich weiß nicht, ob ich ihm ganz folgen konnte. Zweifellos werde ich zustimmend genickt haben. Was er meinte, ist mir heute klarer als damals. Wiegen und Messen, das ist Vergleichen. Und um vergleichen zu können, muss es Unterschiede geben.

Ich weiß aber noch, dass ich damals, während ich mir seine verbissene Argumentation geduldig anhörte, zum ersten Mal ein starkes Gefühl des Mitleids mit ihm empfand und dass dies seine Äußerungen für mich zu färben begann.

Und Mitleid war das Letzte, worauf er hoffte oder Anspruch erhob. In allem – seinem schlichten Äußeren, seinem launischen Verhalten, den strengen Worten – war Dijk das Gegenteil eines Menschen, der zu solchen Gefühlen einlud, und wenn er gewusst hätte, was ich in dem Moment verspürte, dann wäre sein Gesicht noch röter angelaufen. Dann hätte er sich gedemütigt gefühlt. Ich hütete mich also, ihn das merken zu lassen. Doch die Erkenntnis, dass er in all seiner Integrität und mit seiner überlegenen Sachkenntnis völlig recht hatte und dass das gleichzeitig überhaupt keine Rolle spielte, war wie ein Blitz bei mir eingeschlagen. Um mal einen Vergleich zu verwenden, den er zweifellos missbilligt hätte.

Er konnte predigen, so viel er wollte, niemand würde ihm widersprechen. Er saß ja gerade deswegen in diesem kleinen Zimmer, weil er so gut predigen konnte.

Für Gegenargumente war er nicht empfänglich, und das war auch nicht nötig, denn meistens hatte er ohnehin recht. Gerade deshalb hörte man nicht mehr auf ihn, deshalb war er dort abgestellt worden, deshalb kam er in den Berechnungen nicht mehr vor.

Man hatte ihn auf ein Nebengleis gestellt.

Was besagte dieser Vergleich? Dass Dijk kein Zug war, wusste ich selbst, auch wenn er tüchtig Dampf machen konnte. Aber er ging nirgends mehr hin, insofern stimmte der Vergleich wieder. Er hatte recht, aber ich verhielt mich vernünftiger, klüger. Mein Mitleid mit Dijk begann sich mit Zufriedenheit zu mischen, Zufriedenheit mit mir selbst.

2.3 | Unsere Arbeit bestand in den ersten Monaten vor allem darin, über die Nacheichungen Buch zu führen. Morgens war der Warteraum voll von schlechtgelaunten Männern, die in einer Tasche oder einfach auf dem Gepäckträger ihres Fahrrads einen Satz Gewichte mitgebracht hatten. Manche hielten eine Waage, oft in ein Tuch eingewickelt, wie ein Kind auf dem Schoß.

Niemand kam zu seinem Vergnügen her. Nicht die Geschäftsinhaber, die sich der gesetzlich vorgeschriebenen zweijährlichen Prüfung unterziehen mussten, und schon gar nicht diejenigen, die bei einer Kontrolle aufgeflogen waren. Neben den Kosten für die Nacheichung bezahlten sie auch noch eine Geldstrafe, sofern sie es unterlassen hatten, ihre Geräte selbst rechtzeitig prüfen zu lassen – und das sogar wenn sie einwandfrei funktionierten.

Wenn überhaupt Witze gerissen wurden in dieser bestenfalls ergebenen Atmosphäre, dann über uns, über die Behörde. Ob wir auch das Gewicht der Luft kontrollierten. Und wie viel das dann pro Gramm koste. Ob wir zu Hause auch Bußgelder verhängten, wenn die Bauchspeckscheiben nach unserem Geschmack zu leicht waren. Viel geistreicher wurde es nicht.

Wir lernten, darauf nicht zu reagieren. Diese Kunst schauten wir uns von den erfahrenen Eichbeamten in ihren gelben Kitteln ab. Sie machten ihre Arbeit, ohne sich zu beeilen und ohne sich auf Diskussionen mit den unwirschen und manchmal regelrecht gereizten Besuchern einzulassen. Ihnen standen Männer in blauen Kitteln zur Seite. Sie waren rangniedriger und wurden deshalb von manchen noch immer mit »Bediensteter« angesprochen. Selbst nannten die Blaukittel sich gern »Eichmeister«, obwohl dieser Titel eigentlich nicht existierte.

Nacheinander wurden die Besucher in den Saal mit dem Parkettfußboden und den präparierten Tischen gerufen, auf denen die Messgeräte mit den Skalen und den viermal pro Jahr kalibrierten Gewichten standen. Unbeirrbar maßen die Meister Satz um Satz. Eisen, Messing oder Messingblech, Blei. Genauso unbeirrbar hörten wir sie ihre kleinen Predigten halten. Über das Entfernen von Rost zum Beispiel, auch zwischen den Buchstaben auf der Oberseite: Der musste mit einer Feile oder mit Schleifleinen abgeschmirgelt oder abgekratzt werden, danach wurde das Ganze mit gekochtem Leinöl gereinigt und trockengerieben. Oder im Falle von Bleistift: Der lässt sich mit heißem Sodawasser ganz leicht beseitigen.

Wenn ein Stück zu leicht war, wurde es mit ein wenig Blei justiert. Die winzigen Kügelchen wurden mit einem Senkstift in die Unterseite des Gewichts geschlagen. War es zu schwer, in der Regel die Folge von Schmutz, angebackenen Resten von diesem oder jenem, so stocherten oder schabten sie sorgfältig – Lesebrille auf der Nase, die Zungenspitze manchmal für einen Moment zwischen den Lippen – die Verunreinigungen weg. Im Gemüseladen setzten sich Sand und Dreck an den Gewichten fest, bei Bäckern Teig und Mehl.

Danach reichte der Bedienstete den Prägestempel an, der klatschend in das Gewicht getrieben wurde. In den größeren Gewichtsstücken befand sich eine Bleiplombe. In sie ließ sich das Eichzeichen etwas leichter einschlagen. Ein Z war das Zeichen für 1961. Bevor das Gewicht zurückgegeben wurde, fuhr der Bedienstete noch schnell mit einem Putzlappen über das Messing oder die Bronze.

Die Waagen wurden auf einem gesonderten Tisch mit Hilfe eines sorgfältig in Schuss gehaltenen Sets glänzender metallfarbener Gewichtsstücke kalibriert. Allein schon die Farbe und der Glanz strahlten Präzision aus. Die Angabe der Kontrollmaße durch die Bediensteten hatte zudem etwas Feierliches, und es herrschte fast immer einen Moment lang Ruhe, während der Zeiger an der kontrollierten Waage erzitterte und dann ganz langsam zum Stillstand kam. Schließlich bekam das Gerät ein Etikett mit einer Jahreszahl, worauf der Eigentümer es – auf eine Gebärde des Eichmeisters hin – vom Tisch nehmen und hinaustragen konnte.

Ja, es hatte Ähnlichkeit mit einer Operation, aber auch mit einem Taufritual. Außer wenn festgestellt wurde, dass das untersuchte Gerät nicht mehr zu retten war, weil es zu stark abgenutzt war, irreparabel defekt, oder wenn es deshalb nicht abgenommen werden konnte, weil das Modell vom Hersteller oder Importeur nie zur Bauartzulassungsprüfung eingereicht worden war und in Delft kein Muster davon aufbewahrt wurde. Letzteres kam äußerst selten vor. Die meisten Geräte stammten von vertrauten Herstellern. Molenschot in Breda, Berkel aus Nijverdal, Weda in Naarden, die Haagsche Balansen en Weegtoestellen Fabriek. Manchmal jedoch versuchte es jemand mit einem ausländischen Modell, aus Osteuropa, aus Asien gar. Das erregte das Interesse von uns Beamten, stirnrunzelnd und lächelnd studierten wir das fremde Stück, auf Besonderheiten wurde hingewiesen, doch eine Abnahme war dann selbstverständlich nicht möglich.

Am späten Vormittag brachten die Eichbeamten das Geld, einen unsortierten Stapel Münzen und Zweieinhalbguldenscheine in einer Metallkiste, zum Verwalter, während wir die Formulare einsammelten, um am Nachmittag den Kassenbestand zu ermitteln, dem die tatsächlichen Einnahmen gegenübergestellt werden mussten, bevor der Tageserlös ins Hauptbuch eingetragen wurde. Wir tippten die Namen der Besucher und die ihrer Firma in dünne Formulare und hefteten sie in den Registriermappen ab, die auf den Schränken warteten, bis sie voll waren und zur Aufbewahrung ins Dachgeschoss des Gebäudes gebracht wurden.

Nach ein paar Wochen begannen wir die einfachen Fälle zu übernehmen, erst noch unter der Aufsicht der älteren Kollegen, die, Hände auf dem Rücken, uns zusahen. Aber nicht sehr viel später ließen sie uns allein mit den geringschätzig grienenden Marktleuten, den unwirschen Schlachtern, den Lebensmittelhändlern mit ihrem verdächtig kriecherischen Benehmen oder dem unverständlich brabbelnden alten Gemüsemann, der einen feuchten Zigarrenstumpen zwischen den rissigen Lippen hielt.

Die Assistenten dachten gar nicht daran, uns zu helfen. Undiplomierte wie wir standen in ihrer Vorstellung ganz unten in der Hierarchie.

2.4 | »Meine Herren!«

Kurz nach zehn schwang an jenem ersten Tag die Tür unseres Zimmers auf, und es kam klirrend ein großes rechteckiges Tablett mit Kannen, Tassen und Untertassen um die Ecke, gefolgt von einer Schürze über kreisenden Hüften und einem von blonden Locken gerahmten runden Gesicht.

»Ein gutes Neues Jahr! Und willkommen! Ich bin Ada – zu euren Diensten. Jedenfalls ... solange ich dazu Lust habe und solange ihr euch benehmt.«

Sie war die einzige Frau im Gebäude. Und weil sie somit unvergleichbar war, konnte sie ihre eigenen Regeln aufstellen. Nachdem sie die ersten Becher gefüllt hatte, trat Ada einen Schritt zurück und nahm uns, die Hände in die Seiten gestemmt, lächelnd, aufmerksam, taxierend in Augenschein.

»Hopphopp! Trinkt aus, dann gieße ich noch mal nach.«

Ihre Stimme klang laut und heiser, aber nicht unangenehm. Sie war die Erste, die an diesem Vormittag ein Wort über das neue Jahr verloren hatte, das Jahr des Z. Nachdem sie die Becher zum zweiten Mal aus ihrem Metallkessel gefüllt und eine Handvoll Zuckerwürfel auf die Schreibtischplatte hatte fallen lassen, zog sie zwei Kekse aus ihrer Schürze, und anstatt sich zu verabschieden, drückte sie ihren kräftigen Körper gegen eine Schreibtischecke, setzte sich mit einer Gesäßhälfte darauf und beugte sich vergnügt zu uns vor.

So. Sie saß. Und schien nicht vorzuhaben, so schnell wieder zu gehen. Ewig gerötete Wangen. Kurze Ärmel unter der Schürze, trotz der Kälte. Zog sie sich morgens und abends in der kleinen Küche um? Sie hatte runde Arme. Auch diese festen, runden Arme waren gerötet.

Wir müssen den Eindruck zweier Schuljungen erweckt haben, als wir uns bedeppert für die Kekse bedankten. Sie sah uns fröhlich an und fragte nach unseren Namen.

Hölzern standen wir auf und gaben ihr die Hand. Das gehörte sich doch so?

Ihre Hand war feucht und trotzdem angenehm, als fasste man eine Ansammlung warmer Kissen an.

»Nennt mich einfach Ada«, sagte sie. »Drei Buchstaben, aber keine Gräfin von Holland. Einfach Ada.«

Ein gutes Jahr später hatten wir sie Hunderte von Malen gesehen, vormittags mit dem Kaffee, nachmittags mit dem Tee und immer mit den roten Wangen und dem breiten Lachen.

Die Brouwersgracht hatte ihr Aussehen im Verlauf jenes Jahres immer wieder verändert. Der Winter war mit einem formlosen Brei aus aufgeweichten, porösen Eisschollen zu Ende gegangen, eine graue Fondantmasse, die in den wenigen frostigen Nächten erstarrte und dann tagsüber wieder quälend langsam schmolz und dahinschwand. Als die ersten Frühlingsregen dem endgültig den Garaus machten, wurde auch aller Unrat in der Gracht freigesetzt. Unter, hinter und zwischen den Schiffen, den Duckdalben und Brücken kam eine Ansammlung schadhafter Möbelstücke, von Ästen, Kleidungsresten und noch schwerer zu definierenden Gegenständen zum Vorschein, umrahmt von graugrüner Entengrütze, die immer dicker wurde, je weiter der Frühling fortschritt. Die Müllsuppe schwappte bei kräftigem Wind hin und her, bewegte sich zur Grachtmitte oder zurück ans Ufer, wo sie sich an den Schiffswänden rieb – hörten es die Bewohner? –, doch meist lag die graufahle Masse ohne Bewegung da und wartete, selbstverständlich auf nichts.

Jedenfalls so lange nicht, bis sich jemand zum Großreinemachen berufen fühlte. Die Grachten waren noch nicht zum Kulturgut erklärt worden, viele hätten sie am liebsten zugeschüttet, und die Brouwersgracht wurde nicht, wie manche der breiteren, von prächtigen herrschaftlichen Häusern gesäumten Wasserwege, ihrer Schönheit wegen geschätzt. Sie galt eher als Hindernis für die Durchgangsstraßen, ein stinkender, schlampig gezogener Strich durch die Rechnung der geschäftigen Stadt. Die Fassaden waren schmucklos, wer hier wohnte, tat das meist nur provisorisch.

Nur an sonnigen Sommertagen bekamen das Gewässer und seine Umgebung bisweilen etwas Freundliches, als käme ein verborgener Charakterzug kurzfristig zum Vorschein. Vor allem frühmorgens schien das Wasser lediglich dazu zu dienen, die Fassaden und den leeren Himmel zu spiegeln und in diesem Spiegelbild alles abzumildern, den Müll, die Reste von Schinderei, Unrecht, Fehlentscheidungen, Kummer, kurzum das ganze gammelige Sammelsurium von Booten, Speicherhäusern und morscher Ufermauer. Im Laufe des Tages verschwand dieser Eindruck wieder, wenn die Sonne immer höher kletterte und den Zustand der Dinge grell und gnadenlos ausleuchtete, sodass keine Spur von Schönheit mehr zu erkennen war.

Ich erinnere mich an einen solch friedlichen Morgen, die

Wasseroberfläche aus Quecksilber, noch kein Lärm von Menschen und Verkehr. Als einer der Ersten betrat ich das Gebäude durch die hohe Tür schräg unter dem Reichswappen, das in der milden Sonne ebenfalls so freundlich wirkte. Sowie ich die Schwelle überschritten hatte, hörte ich eine Stimme, die mich bewegte, die Tür nicht hinter mir zufallen zu lassen, sondern festzuhalten und so vorsichtig wie möglich zu schließen. Ohne mich zu rühren, blieb ich stehen. Es war Ada. Sie sang. Die Melodie kam irgendwo aus dem rückwärtigen Teil des Gebäudes, schallte durch die Gänge und prallte auf Steinfußböden, an Wände und Decken, bis sie mich erreichte, inzwischen dünn, aber trotzdem sehr vernehmlich, weil um sie herum kein anderes Geräusch war. Ada sang ein italienisches Lied, in einigen Vierteln der Stadt waren sie damals sehr beliebt, und obgleich ich wusste, dass sie ihre Stimme nur deshalb so laut zu Gehör zu bringen wagte, weil sie sich allein im Gebäude wähnte, bildete ich mir ein, sie täte es eigens für mich. Sie sang aus voller Kehle, ohne sich im Geringsten zurückzuhalten und sicherlich auch ohne zu wissen, was die Worte bedeuteten. Ihre Heiserkeit tat der Verzauberung keinen Abbruch, ebenso wenig ihr buchstabengetreu ausgesprochenes Italienisch. Im Gegenteil. Beides schien ihre Geradheit und Güte nur noch zu unterstreichen.

Ich habe ihr nie erzählt, dass ich ihr damals gelauscht habe. Nicht im Laufe jenes Vormittags und auch später nicht. Der Tag kam rasch in Gang mit viel Gepolter und Geklapper, mit Schritten und Stimmen, Geschleppe und Geschäftigkeit und mit den ersten Verkehrsstockungen auf der schmalen Uferstraße, wo die Besucher des Eichamts gezwungenermaßen

Bekanntschaft mit den verwahrlost wirkenden Bewohnern machten. Es hob ihre Laune nicht gerade, wenn sie hinter dem Auto eines Kohlenhändlers oder dem Pferd des Kartoffelmanns hatten warten müssen, oder wenn sie durch einen der Alteisen- und Lumpentrödler aufgehalten wurden, der sich alle Zeit der Welt nahm, um seinen Kram auszuladen und, eine Zigarette im Mundwinkel, schon mal vorzusortieren, bevor er die Ladung in eines der düsteren Speicherhäuser schleppte.

Bald schon wurde es wieder Herbst und Winter. Mit dunklen Wolken, Windstößen, Regen. Die hohen Brücken krümmten sich dann, glänzend, wie erboste Katzen über dem schmutzigen Wasser der Brouwersgracht.

3 | Inzwischen ist fast eine Woche vergangen, seit Dijk auf unserem Teppich stand, und noch immer weiß ich nicht, ob er eine Geistererscheinung war oder ein Traum oder beides.

Was ich weiß: Ada macht sich Sorgen. Ich merke es daran, wie sie mich ansieht, wenn sie mir den Tee bringt, nachdem sie erst an die Tür des Studierzimmers geklopft hat.

Diese Tür stand immer halb offen, ist jetzt aber geschlossen. Ada stellt hier keine leeren Flaschen mehr ab.

Heute Morgen blieb sie kurz hinter mir stehen und strich mir dann liebevoll durch mein dünnes Haar. Ich spürte, dass sie mir über die Schulter blickte und zu lesen versuchte, was ich auf die großen Blätter eines Blocks geschrieben hatte, die vor mir auf dem Schreibtisch ausgebreitet lagen. Ada ist neugierig.

Viel schlauer ist sie aber davon nicht geworden, von ihren verstohlenen Blicken. Denn, ehrlich gesagt: Sehr viel steht da auch nicht. Es sind einzelne Sätze, manchmal nur ein paar Worte, die ich notiert habe, ab und an in Blockbuchstaben, häufiger jedoch in einer eiligen Schrägschrift, die ich selbst auch nur mit Mühe entziffern kann.

Sie weiß nicht, dass ich keineswegs die ganze Zeit schreibe und eigentlich mit meinen Gedanken kaum vorankomme. Ich starre stundenlang aus dem Fenster. Auf den Vorgarten mit den reglosen Zweigen, dem kurzen Plattenweg, der zu unserer niedrigen Gartenpforte führt, und auf die Straße hinter dieser Pforte, wo tagsüber viel weniger Autos stehen als abends. Am Tag passiert fast nichts in dieser Straße, in der wir schon so lange wohnen. Das fällt mir erst jetzt auf.

Ich denke mir die Autos weg, bis kein einziges mehr dort steht – na schön, ein alter Peugeot vielleicht, dunkelgrün, mit kleinen Fenstern und gewölbtem Rücken, ein einziger nur, wodurch noch deutlicher hervortritt, dass die Bordsteinkante sonst überall zu sehen ist, glatt poliert und gleichmäßig grau entlang dem Rinnstein. Ein Schlachtergehilfe mit einem großen Korb vorn am Fahrrad hält an dieser Bordsteinkante und öffnet unsere Gartenpforte, um das Bestellte abzuliefern. Er drückt die leise quietschende Pforte routiniert mit dem Knie auf. Inzwischen sind auch die Wagen des Milchmanns und des Gemüsehändlers da. Als die Männer ihre Glocke läuten, kommen aus allen Türen Hausfrauen, wischen sich im Gehen die Hände an der Schürze ab. Sie stellen sich um die Milchkannen und die Flaschen auf, manche wollen keine Flasche mit Aluminiumdeckel, sondern nehmen die Milch noch immer in ihrem eigenen blaugrau marmorierten Emailtopf mit. Ein Stück weiter entfernt schickt sich der Gemüsemann an, Äpfel abzuwiegen, polternd kullern sie in die metallene Waagschale. Nun kommt auch der Bäcker an, er strampelt sich ab auf einem großen Lastenfahrrad mit hölzernem Aufbau und zwei Luken, aus denen er die Brote nimmt, ungeschnitten, und von Tür zu Tür trägt; wer Rosinenbrötchen oder Milchbrötchen will, hat sie bereits einen Tag zuvor bestellt. An manchen Tagen fährt auch noch ein Wagen mit Küchenabfällen oder ein Lumpenkarren durch die Straße, ein altes Pferd davor und ein mindestens genauso alter Kutscher auf dem Bock. Der Lumpensammler und der Abfallsammler haben keine Glocke, sie schreien, nicht einmal besonders laut, aber irgendwie werden ihre Rufe doch gehört, wer also Abfall im Keller hat oder fadenscheinig gewordene Putzlappen im Schränkchen unter der Spüle oder einen alten Mantel im Schuppen, eilt rasch aus dem Haus.

Während ich die verlassene Straße mit Erinnerungen fülle, werden die Bilder mit immer mehr Geräuschen unterfüttert, als würde irgendwo ein Lautstärkeregler vorsichtig aufgedreht. Matten, die ausgeklopft werden, immer am Montagmorgen, man sieht dabei die kräftigen Arme der Frauen und den Staub, der in die klare Luft fliegt. Dann das Platschen eines Eimers, der über die Türstufen gekippt wird, sofort gefolgt vom harten, bösen Scheuern einer Schrubberbürste auf den Steinplatten. Nachmittags hört man das Schreien und Jauchzen der Kinder, einen Ball, der gegen eine Mauer prallt, das helle Geräusch von Ledersohlen, eintöniges Singen zum Schlagen des Springseils, dann ein durch Mark und Bein gehendes Geheul, wenn eines der kleinen Kinder beim Hinkeln hinfällt und auf sein nacktes Knie schaut, das weiß wird und sich rot färbt, sobald das Blut aus der Schürfwunde sickert und in Gestalt eines sich rasch füllenden Deltas das knochige kleine Gelenk bedeckt.

Ich sehe und höre das alles, ohne es zu sehen und zu hören und ohne etwas niederzuschreiben. Ich sehe und höre, wie leer die Straße jetzt ist, obgleich da sehr viel mehr Autos stehen als der eine Peugeot des Doktors mit dem Äskulapstab an der Scheibe.

Ich fühle auch die Leere des Hauses im Rücken, seit die Kinder groß sind und nicht mehr hier wohnen, und ich spüre, dass Ada noch da ist. Zum Glück.

Vermisse ich es, im Büro zu sein?

Ja, ich vermisse es, ohne dass ich genau sagen könnte, was ich vermisse und wie das kommt.

3.1 | Ich blicke auf mein Papier und denke an Dijk, und dabei stelle ich fest, dass vieles von dem, was ich von ihm aufschreiben könnte, eine Negation wäre.

Dijk hatte keine Kinder, Dijk hatte keine Frau.

Dijk kannte keine Zweifel.

Dijk machte keine Scherze.

Dijk lachte nicht.

Dijk wurde zwar älter, aber nicht dicker.

Dijk passte sich nicht an.

Wenn ich mir so etwas überlege, kommt es mir einen Moment lang vor, als hätte ich eine bedeutsame Erkenntnis gewonnen, die es festzuhalten gilt, und dann kratzt meine Feder hastig über das Papier. Die Worte rennen auf ihren Krakelfüßen hinter meinen Gedanken her.

Dann aber kommt jedes Mal von Neuem der Moment, in dem ich noch einmal lese, was da steht, und feststelle, dass es eine triviale Beobachtung ist, etwas von Straßen und Häusern, die heute leerer sind oder vielmehr voller, obwohl man genauso gut das Gegenteil behaupten könnte. Oder dass das Leben schneller zu verlaufen scheint, wenn man älter wird, obwohl unumstößlich feststeht, dass dem nicht so ist.

Wenn irgendetwas gleichmäßig fortschreitet, dann die Zeit und wir mit ihr, in einer gleichförmigen Bewegung. Wäre es nicht so, hätte unsere Arbeit keinerlei Sinn gehabt. Wäre es nicht so, stünde das ganze Messen und Wiegen auf schwankendem Boden.

Ich reibe mir über den Bauch, der dank Adas Fürsorge einen Umfang angenommen hat, den ich früher nicht für möglich gehalten hätte. Eine stramme Kugel unter meinem schmucken Pullover. Meine Gewichtszunahme war streng genommen nicht unumgänglich, aber für die meisten Menschen doch normal.

Genauso normal war es, dass diese merkwürdige Episode bei Dijks Verabschiedung, zu der er selbst nicht erschienen war, uns mit der Zeit nicht mehr täglich beschäftigte. In den Tagen nach dem Vorfall wurde in der Kantine und beim Kaffeeautomaten natürlich ausgiebig darüber geredet, aber allmählich ließ das nach, und irgendwann war alles dazu gesagt. Das eigenartige Geschehen war mit einer fettigen Schicht aus Klatsch, Aufregung und Spekulation überdeckt und zum Schluss mit der Floskel »typisch Dijk« ad acta gelegt worden. Es war zu Sediment geworden, das in den aufeinanderfolgenden Gedächtnisablagerungen der Zeit langsam tiefer sank, bis es endgültig als begraben betrachtet werden konnte.

3.2 | Wenn ich ehrlich bin, fand ich es auch ganz erholsam, dass er nicht mehr da war. Es hieß, in diesem kleinen Zimmer mit Aussicht auf die Autobahn, diesem Verbannungsort weit vom Fahrstuhl entfernt, habe er Spezialaufträge ausgeführt. Doch über deren Natur war nichts bekannt, und es war auch nicht so, dass im Räderwerk unseres Unternehmens etwas stockte, als er aufhörte. Es habe mit den Archiven zu tun, nahm man an. Dijk hat mir nie etwas davon erzählt.

In der Zeit kurz vor seinem Abschied sah man ihn tagsüber nur selten. Ganz gelegentlich nur, wenn er sich nach einem WC-Besuch ausgiebig die knochigen Hände wusch, wo neue Mitarbeiter ihm manchmal erstmals begegneten und dann über diese staksige, fast vorweltliche Erscheinung mit dem strengen Kopf, dem weißen Kragen und der schmalen Krawatte erschraken. Er war einer der dienstältesten Beschäftigten und gehörte gleichzeitig schon nicht mehr dazu.

Zu Beginn und am Ende des Tages pflegte er natürlich aufzutauchen. Man konnte die Uhr danach stellen, dass er Punkt Viertel vor neun, in seinem beigen Regenmantel und einen Wollschal um den Adamsapfel gebunden, schnurgerade die Marmorfläche der großen Halle durchquerte. Vor fünf ging er nicht, manchmal sogar etwas später, dann stiefelte er genauso energisch davon.

Doch selbst wenn ich ihn nicht sah, war seine Anwesenheit für mich spürbar, als gäbe es irgendwo ein Gewissen, einen strengen Blick, der meine Arbeit beurteilte. Wie kein anderer vermochte Dijk anderen das Gefühl zu vermitteln, sie machten etwas falsch, auch ohne dass er es sagte, allein schon indem er sie unter seinen schweren Augenbrauen hervor ansah und den Mund zu einem straffen Strich zusammenzog.

Ich kannte diesen Blick so gut, dass er auch dann auf mir ruhte, wenn Dijk nicht in der Nähe war.

Gleichzeitig verspürte ich eine Art Verantwortung für ihn.

Das hing mit unserer gemeinsamen Vergangenheit zusammen. Ich hielt es für meine Pflicht, von Zeit zu Zeit bei ihm vorbeizuschauen, und versuchte dann, soweit das bei Dijk möglich war, mit ihm zu plaudern. Sofern er das überhaupt zu schätzen wusste, ließ er es sich nicht anmerken. Er hatte immer etwas gegen Geplauder gehabt, gegen Geschwätz im Allgemeinen. Dennoch schickte er mich nicht weg. In jener letzten Zeit haben wir vielleicht mehr miteinander gesprochen als in den Jahren zuvor. Will sagen: Er sprach zu mir. Und vermutlich zu niemandem sonst.

Sein Zimmer wies keine persönlichen Akzente auf, abgesehen von der verschlissenen Ledertasche, die an einem Stuhlbein lehnte und ihn begleitete, wenn er kam und ging. Auf seinem Schreibtisch stand ein Bildschirm, aber ich habe ihn nie daran arbeiten sehen. Dadurch hatte es den Anschein, als behielte nicht er den Schirm, sondern der Schirm ihn im Blick. Obwohl die Ehrlichkeit es gebietet zu sagen, dass die Behörde, die nun schon seit Jahren ein Unternehmen und keine Regierungsinstanz mehr war, zu Dijk ganz gewiss nicht streng war. Er wurde toleriert, nicht kontrolliert. Bei einer Umstrukturierung nach der anderen verschont. Vielleicht hatte das Management ihn all die Jahre als eine Art Monument betrachtet, ein Relikt der Behörde, wie sie einst gewesen war, ein Stützpfeiler, der noch stand, nachdem der Rest der Konstruktion verschwunden war.

Oder hatte man ihn einfach vergessen? Nein, wahrscheinlicher war, dass die jeweilige Führungsetage es vorzog, Schwierigkeiten aus dem Weg zu gehen. Dijk wurde noch immer gefürchtet.

Dijk rauchte nicht mehr. Dieses Zugeständnis hatte er gemacht – sofern es ein Zugeständnis war, denn die Disziplin eines Nichtrauchers passte eigentlich gut zu ihm.

Auf seinem Schreibtisch, neben den eingepackten Butterbroten, stand nach wie vor eine Schreibmaschine; die letzte, die einzige im Gebäude. Es war eine Olympia, so eine unverwüstbare mit einem gusseisernen Rahmen und sehr festen Tasten, die immer noch funktionierten, selbst wenn man sich die Fingerspitzen darauf blutig geschlagen hatte. Ich wusste, wie kraftvoll Dijk in die Tasten hämmern konnte, mit lediglich zwei Fingern. Daran merkte man, wenn er sich ärgerte. Dann wurde der Lärm allesbeherrschend, ohrenbetäubend.

Zweifellos schrieb er noch immer Vermerke und legte der Unternehmensleitung ungefragt Empfehlungen vor, auf die er keine Antwort erhielt und auch keine Antwort mehr erwartete. Ihm kam vermutlich gar nicht in den Sinn, dass ihm auch in diesem Punkt eine bevorzugte Behandlung zuteilwurde. Ein solches Verhalten würde von anderen Mitarbeitern nicht so leicht toleriert werden, ihn dagegen ließ man ungeschoren. Bis es nicht länger ging. Nicht, weil etwas vorgefallen wäre, sondern vielleicht einfach, weil er die Sache überzogen hatte, das Gummi so brüchig geworden war, dass es mühelos zerrissen werden konnte.

3.3 | Ada klopft neuerdings an die Tür, wenn sie etwas fragen will oder mir Tee bringt. Als hätte ich etwas zu verbergen, das ich dann schnell noch wegpacken kann. Oder als würde ich ohne ihr Wissen Besuch empfangen. Na ja, in mancherlei Hinsicht stimmt das ja auch. Dijk lässt mich seit einigen Tagen nachts in Ruhe, der Traum ist nicht wiedergekehrt, aber am Tag ist er ständig anwesend. Ich schreibe auch immer noch von Zeit zu Zeit auf, was mir in den Sinn kommt. Wenn ich es dann wieder lese, erschrecke ich über das Chaos, das Fehlen jeglicher Logik. Ich habe bereits einmal erwogen, eine Schere aus der Küche zu holen und die einzelnen Gedanken herauszuschneiden, um die Papierstreifen dann so lange hin und her zu schieben, bis ein Zusammenhang entsteht oder zumindest eine Reihenfolge. Aber ich habe es nicht getan. Es könnte sich herausstellen, dass es für dieses Puzzle keine Vorlage gibt, kein Original, und folglich auch keine Lösung.

Einmal pro Jahr wird überprüft, ob es noch da ist, das große Kilo, Le Grand K, in seinem Schlösschen nahe Paris, hinter einer neoklassizistischen Fassade und umgeben von kunstvoll gestutzten Buchsbaumhecken. Drei Amtsträger öffnen mit drei verschiedenen Schlüsseln gemeinsam den Panzerschrank. Ich stelle mir vor, dass es nicht nur ein feierlicher, sondern jedes Mal auch wieder ein spannender Augenblick ist, wenn das Licht eingeschaltet wird. Die drei halten den Atem an. Denn für einen Moment ist ihnen doch der Gedanke an die Möglichkeit, die theoretische Möglichkeit durch den Kopf geschossen, es sei nicht mehr da.

Aber dann sehen sie die runde, flache Form in der Mitte des Raums, ungerührt, still glänzend.

Vielleicht ist imaginär ein besseres Wort für die Situation als theoretisch. Denn gemäß welcher Theorie könnte aus einem Raum hinter einer verschlossenen Panzerschranktür etwas verschwunden sein?

Die Vorstellung dagegen ist unvermeidlich. Sie gehört zum Öffnen dieser gepanzerten Tür wie der Gedanke an springen zu einem Abgrund – und wie der schaudernde Gedanke an die Folgen.

Was tun, sollte sich das Bild als Realität erweisen? Das Verschwinden geheim zu halten wäre natürlich nicht möglich. Aus genau diesem Grund wurden ja drei verschiedene Schlüsselverwahrer gewählt; um zu verhindern, dass sie gemeinsame Sache machen.

Dann eben eine der sechs Kopien, die an anderer Stelle im Schlösschen aufbewahrt werden, an die leere Stelle legen? Das würde nicht helfen. Obwohl sie exakt gleich aussehen, können sie unmöglich die Rolle des Stammvaters übernehmen. An erster Stelle aus praktischen Gründen: Dann wären nur noch fünf im Gebäude, und es müsste rasch eines nachgemacht werden. So etwas fällt auf.

Aber es gibt noch einen weiteren Grund, der jedem einleuchtet, sich aber schwerer in Worte fassen lässt. Die anderen sechs sind wie Das Große K 1889 angefertigt worden, aus neunzig Prozent Platin und zehn Prozent Iridium, von einem englischen Goldschmied, nachdem man festgestellt hatte, dass das Exemplar, das 1799 der französischen Nationalversammlung präsentiert worden war, einem geringfügigen Verschleiß unterlag. Durch seinen Platz in dem Gebäude hat es jedoch eine andere Bedeutung erhalten. In viel stärkerem Maße als die übrigen sechs ist es eine Idee.

Einmal pro Jahr wird die Anwesenheit des Großen K kontrolliert, und von Zeit zu Zeit wird es mit seinen sechs engsten Familienangehörigen verglichen. Dann holt man es unter seinen drei Glasglocken hervor, wäscht es mit Alkohol ab und reibt es nach einem Dampfbad vorsichtig mit einem Tuch aus feinstem Ziegenleder trocken. Wenn das Internationale Komitee für Maße und Gewichte es für erforderlich hält, etwa alle zwanzig oder dreißig Jahre, reisen außerdem von überall in der Welt die Dutzende von nationalen Kilos nach Paris, um kalibriert zu werden. Hat die tropische Luft in Brasilien, ein Tsunami im Stillen Ozean oder ein Erdstoß in irgendeinem instabilen, fernen Land eine Veränderung bewirkt? Dem Großen K selbst begegnen sie nicht. Die sechs Brüder kommen dieser Verpflichtung nach.

Niederländer gehen mit dem Ritual nüchtern um. In Delft fährt ein Mann in Windjacke los. In der einen Hand hält er eine Aktentasche, in der anderen eine ziemlich abgenutzte kleine Kiste aus farblos lackiertem Holz, die mit einer Reihe von Schrauben verschlossen ist. Er nimmt den Zug, die Metro und schließlich ein Taxi für den letzten Teil der Reise zum Pavillon de Breteuil. Der Mann weist sich aus, sagt etwas auf Englisch, erhält Antwort auf Französisch. Dass die Unterhaltung ein wenig holprig verläuft, spielt keine Rolle, denn alle wissen, was zu tun ist.

Im Nachhinein ähnelte es noch am ehesten einem Familienbesuch, obligatorisch und anstrengend. Mit etwas Glück sind Mann, Tasche, Kiste und Gewicht noch am selben Abend, spät, wieder zu Hause.

3.4 | So lange unsere Gespräche dauern mochten, ich blieb stets in der Tür stehen, als würde ich gleich wieder gehen, und auch Dijk tat so, als ginge es lediglich um eine kleine Unterbrechung seiner außergewöhnlich aufreibenden Arbeit.

Er blieb kerzengerade an seinem Schreibtisch sitzen und drehte lediglich den Oberkörper um neunzig Grad in meine Richtung. Als könne er sich jeden Moment wieder dem zuwenden, was vor ihm lag: Mappen, Broschüren, Notizen, ein Buch. Ich konnte nicht erkennen, ob auf seinem Bildschirm etwas zu sehen war, ob er den Computer überhaupt eingeschaltet hatte. In der Schreibmaschine steckte für gewöhnlich ein Blatt Papier, allerdings hing es schlaff über dem Wagen. Dijks Gesicht zeigte einen gönnerhaften Ausdruck, jedenfalls zu Beginn unseres Gesprächs, wie um klarzustellen, dass er mir einen Gefallen tat, indem er mir ein paar Augenblicke seiner Zeit schenkte. Doch er redete immer länger.

Eigentlich, fand ich, sei er derjenige, der meine Besuche zu schätzen habe. Schließlich boten sie ihm die Gelegenheit, seine Theorien und Ansichten vor Publikum darzulegen, und auch wenn dieses aus lediglich *einem* Mann bestand, war zumindest sichtbar, dass ich ihnen Aufmerksamkeit schenkte, wohingegen er keine Ahnung hatte, ob seine schriftlichen Ergüsse von irgendjemandem gelesen wurden. Vielleicht hatte man ja irgendwo ein eigenes Regal für seine Berichte freigeräumt, wo sie in aller Ruhe Staub ansammeln konnten. Gut möglich auch, dass es im Direktionscomputer eine gesonderte Rubrik für seine ungelesenen Mails gab.

Nach einigen Minuten wechselte der Ausdruck auf Dijks

Gesicht in der Regel. Wenn er in Fahrt kam, beugte er sich vor, seine Augen blitzten mich an, und ich sah, wie sich Wangen- und Kieferpartie wieder einmal spannten und gleichzeitig auf charakteristische Weise röteten. Manchmal zeigte er auch mit bohrendem Finger auf mich. Ich suchte dann Halt am Türrahmen und stellte mich auf einen etwas längeren Aufenthalt ein.

In jener letzten Phase sprach Dijk immer häufiger über die Endzeit, in der wir lebten. Das Anthropozän. Alles konnte der Auslöser zu einer derartigen Betrachtung sein: die gestiegenen Benzinpreise, eine Hungersnot in einem fernen Land, ein Bankenskandal, das Pfand auf Gläser und Flaschen. Doch letztlich liefen seine Ausführungen stets auf dasselbe hinaus: Die Erde sei ein endliches System, sie verbrenne langsam, und wir Menschen beschleunigten diesen Prozess noch durch ganze Serien einander beeinflussender dummer Entscheidungen. Selbst wenn einige diesen verhängnisvollen Verlauf durchschauten, lasse sich nichts daran ändern, solange der Konsumismus und unsere Art, Politik zu betreiben, so blieben, wie sie waren. Demokratie und hinausgezögerte Bedürfnisbefriedigung, diese beiden seien nun einmal nicht in Einklang miteinander zu bringen. Eine Mehrheit entscheide sich nie für Disziplin, Weisheit, Selbstkontrolle, für ein Ideal oder eine Idee.

Und so ging es weiter und weiter. Es schien, als bereite es ihm Vergnügen, immer neue Beispiele, Anzeichen und Beweise für die unausweichliche Zerstörung des Planeten zu sammeln. Das Zur-Neige-Gehen der Bodenschätze, die Überflutungen, die Müllschwemme.

Viel konnte ich ihm nicht entgegenhalten. Außer dass ich Kinder hatte, zusammen mit Ada. Einen Sohn und eine Tochter. Deshalb durfte nicht wahr sein, was Dijk behauptete.

Er hatte leicht reden, er hatte keine.

Eines Winterabends, als ich länger als üblich gearbeitet hatte und als einer der Letzten Anstalten machte, das Gebäude zu verlassen, ging ich, ohne zu wissen warum, nicht gleich zum Fahrstuhl, sondern durch den bereits dunklen Flur in die Richtung von Dijks Zimmer. Als ich um die Ecke bog, sah ich, dass bei ihm noch Licht brannte, und sofort hörte ich auch das heftige Geklapper seiner Olympia.

Ich blieb kurz stehen. Und lauschte.

Dann drehte ich mich um, weil ich das Gefühl hatte, ihn in Verlegenheit zu bringen, wenn ich ihn bei der dringlichen Botschaft ertappte, die er unverkennbar gerade in Worte fasste. Ich brauchte nicht zu sehen, wie er verbissen über das eiserne Ungetüm gebeugt dasaß, die Tasten malträtierend, die Buchstaben mit solcher Gewalt in das Papier dreschend, dass nicht nur Druckerschwärze verteilt, sondern auch Narben geschlagen wurden. Ich brauchte es nicht zu sehen, ich konnte es hören. Was immer es war, Wut, Verzweiflung, die Heftigkeit war mir im Moment zu viel.

Während ich durch den dämmrigen Flur zurückging, muss das Tippen hinter mir erstorben sein. Und dennoch scheint es mir, als hätte ich es noch gehört, als ich aus dem Fahrstuhl trat und durch die Halle ging, mitten durch die langgestreckten Schatten stapfte, die das Kunstwerk auf die Fliesen warf, und sogar noch, als ich, mit einem Gefühl der

Befreiung, die Drehtür erreichte. Ein rasendes Geratter, das hohl von den Wänden des verlassenen Gebäudes hallte, ein Geräusch von immenser Wut und vollkommener Einsamkeit.

Jetzt, da ich diese letzte Erinnerung niederschreibe, erkenne ich sofort das Unsinnige an ihr. Es stimmt, dass ich ihn eines Abends noch tippen hörte und nicht zu ihm gegangen bin. Dass das Geräusch aber so weit trug, dass es unten in der Halle noch zu hören gewesen wäre, ist äußerst unwahrscheinlich. Nein, unmöglich. Es sagt weniger über ihn damals als über mich jetzt.

Ein Jahr nach Dijk habe ich selbst Abschied genommen. Ich hatte meine Zeit abgesessen, hatte es lange ausgehalten und machte nun Gebrauch von der letzten günstigen Regelung, was nach allgemeinem Empfinden auch nur vernünftig war. Die Illusion, ich hätte noch viel beizutragen, hegte ich nicht. Ich wollte keinen Abschiedsempfang. Stattdessen erhielt ich viel warmes Händeschütteln von Leuten, die ich kaum oder überhaupt nicht kannte.

Die Direktorin war kurz vor mir gegangen, ihre Nachfolger waren, wie sich gezeigt hat, allesamt nur in stellvertretender und Übergangs- und zeitlich befristeter Funktion im Unternehmen tätig.

Ada und ich haben eine Städtereise gemacht. Nein, nicht nach Paris. Nach London, wo das Herz der Finanzwelt schlagen soll, wo wir aber in erster Linie den Wachwechsel gesehen haben, die Bärenfellmützen und auch sehr volle Kaufhäuser.

Sobald wir wieder zu Hause waren, habe ich mit dem Aufräumen begonnen. Die Dinge mussten ihren Platz haben, jetzt mehr denn je. Ich fing mit dem Dachboden an, ließ alles, was dort aufbewahrt wurde, durch meine Hände wandern und warf das meiste davon in den Müll.

Danach kamen die Schränke auf dem oberen Flur und der Papierkram im Studierzimmer an die Reihe. Das Resultat: viele leere Regale.

Während Ada noch einmal die still gewordenen Kinderzimmer und unsere Kleidung durchsah, etwas, was sie bisher jedes Jahr getan hatte und was also nicht viel Arbeit bedeutete, stellte ich den gesamten Inhalt des kleinen Schuppens für eine gründliche Inspektion auf die Steinplatten hinten im Garten und entschied, dass auch darunter fast nichts war, was noch aufgehoben werden musste. Eine Kinderbadewanne aus Plastik, ein Lederball, beide undicht, fort damit. Nur die Werkzeuge habe ich ordentlich, von groß nach klein geordnet, an ein Gestell gehängt und die Marmeladengläser mit Schrauben und Nägeln nach Größe und Art sortiert aufgereiht.

Im Studierzimmer habe ich folgsam, aber mit Widerwillen die beiden Bücher über die Geschichte des Eichwesens gelesen, die ich zum Abschied bekommen hatte. Freundlich gemeint, um die Leere in meinem Terminkalender zu füllen. Aber sie betonten diese Leere nur noch. Was sollte ich mit der Geschichte meines Berufs ohne seine Gegenwart?

Nachdem ich auch noch das Treppengeländer abgeschmirgelt und lackiert und die Stufen neu hatte bekleiden lassen, das ist inzwischen fast ein Jahr her, war ich fertig.

Aber fertig wofür?

Ich fürchte, dass Karl Dijks Auftauchen in meinen Träumen, in unserem Wohnzimmer, wie und wo auch immer, als Antwort auf diese Frage gedacht ist.

4

Eines Tages im Frühling zogen wir zum ersten Mal allein los. Das heißt: wir beide, Dijk und ich, versehen mit guten Ratschlägen, aber ohne Aufsicht. Es war ein strahlender Morgen. Auf dem Platz vor dem Hauptbahnhof, auf dem auch damals schon Chaos herrschte, stiegen wir in einen grauen Bus, der seit einer Weile im Leerlauf vor sich hin dröhnte und sich kurze Zeit später ruckelnd und hupend, beschleunigend und bremsend einen Weg durch die Verkehrswogen zu bahnen begann, ein unübersichtliches Gewirr von Autos und Lastwagen und mitten darin Lastenfahrräder, Motorroller, knatternde Mopeds und natürlich Fahrräder aller Arten und Größen, die sich in verschiedenen Geschwindigkeiten da hindurchschlängelten. Auf dem Platz mit all den Menschen und den durcheinanderwirbelnden Verkehrsströmen herrschte große Fröhlichkeit, die Fröhlichkeit einer Kirmes unter blauem Himmel und klarem Licht, angereichert mit prickelnden frischen Auspuffgasen.

Neben meinem Sitz, auf den abgetretenen Gummimatten, durch die ein Zittern lief, wenn der Fahrer in einen anderen Gang schaltete, stand eine große schwarze Tasche. So neu, dass man sich gar nicht erst mit der Nase nähern musste, um den würzigen Geruch frisch gegerbten Schweinsleders zu riechen. In der Tasche befanden sich ein Satz Gewichte, ein Schraubenzieher und einige andere Werkzeuge, Bleikügelchen und der Senkstift, um sie in die Unterseite eines zu geringen Gewichtstücks zu drücken, ein Geldbeutel und ein Buch mit rosa Quittungen für die Läden und Betriebe, die ihre Gewichte und Geräte zur Eichung vorgelegt hatten – den Durchschlag konnte man zwei Jahre später als neue Aufforderung versenden. Es gab auch blaue Quittungen (für Zapfsäulen), grüne (für Automaten) und weiße (für Adressen außerhalb des Eichbezirks), doch die brauchten wir an diesem Tag nicht. Dijk hatte die gleiche Tasche bekommen, die er nun zwischen seinen Füßen festhielt.

Es wurde leerer auf der Straße, als der Bus die Stadt hinter sich ließ und an den Hafenanlagen vorbeifuhr, die mit ihren spitzen schwarzen Kränen ein Schattenspiel auf den Horizont warfen. Der Fahrer schaltete in einen höheren Gang; entlang der Straße mehrte sich hoch aufgeschossenes Grün. Wir blickten auf die Rispen am Wegesrand, die ersten Blumen, weiß und gelb. Der Dieselmotor schnurrte stetig und zufrieden. Über dem Land lag eine festliche Stimmung, alles Mögliche stand kurz vor dem Beginn, die Welt schien an jenem Tag so jung wie wir.

In Richtung Alkmaar ging die Fahrt entlang dem Nord-Holland-Kanal, der mit seinen schmalen und breiten Abzweigungen das Land auf beiden Seiten in Rechtecke zerschneidet. Von Purmerend bis hinter Schoorldam waren als blauer Strich in der Ferne die Dünen zu sehen. Lämmer standen bibbernd auf der Weide. Bei Sint Maarten fuhren wir ein Stück entlang dem alten Seedeich, der keine See mehr hatte.

Ich sollte die Gegend gut kennenlernen. Es war schön, im Frühjahr dort zu sein, wenn die erste warme Frühlingssonne schien und die Lämmer unbeholfen auf der Wiese tanzten – aber auch im Sommer, wenn alles, was dort wuchs, groß und fett geworden war, das Gras saftig, die prallen Wasserrosenblätter wie dicke Ölfarbenkleckse auf dem dunklen Wasser des Kanals, die Bauernhöfe am Fuße des Deichs noch tiefer versunken im Gelb und Grün von Gras und Korn.

Und dazu stets die Nähe des Meeres und des Strands, wodurch einem unverhofft etwas Salziges in die Nase steigen konnte. Vielleicht führte der Windstoß nicht einmal echtes Salz mit sich, war es nur die Vorstellung davon, die man roch – es schmälerte die Erfahrung nicht.

Ich schaute zu Dijk, mir gegenüber. Er hatte seine Tasche auf den Schoß gestellt. Es war gar nicht anders möglich, auch er musste das genießen. Er roch doch das Leder, sah doch das Land.

Weil wir unsere Routen selbst festlegten, wurde ein Gebiet wie das zwischen Amsterdam und Alkmaar besser kontrolliert als manch anderer Teil des Landes. Bei gutem Wetter war es angenehm, dort umherzureisen, und als uns mehr und bessere Verkehrsverbindungen zur Verfügung standen, war es auch sehr gut möglich, nach einem solchen Tag rechtzeitig oder sogar etwas früher wieder zu Hause zu sein. Niemand kontrollierte das. Außer Sichtweite war man frei in jenen Tagen vor Einführung des Mobiltelefons. Es gab nicht einmal eine vorgeschriebene Zahl von Kontrollen, die wir durchzuführen hatten, und auf dem flachen Land brauchte man natürlich lange, um von A nach B zu gelangen, das begriff jedes Kind. Aus diesem Grund wurde in unserer eigenen Stadt auffallend wenig kontrolliert.

Zu Beginn des Tages die Karte auseinanderzufalten war schon ein kleines Fest für sich. Die Stadt Alkmaar und die größeren Dörfer waren durch ein Gitter aus Straßen und Wassergräben verbunden, dünne und dicke Striche, an denen entlang sich die Ortschaften, bisweilen nur aus zwei oder drei Häusern bestehend, mit ihren fremdartigen Namen reihten wie Perlen an einer straff gespannten Schnur.

Bliekenbos, De Barne, Grodon, Keinsmerbrug, Lagedijk, Slootgaard, Venik, Zijbelhuizen und Zijpersluis.

Oder: Abtstede, Burgerbrug, Burgervlotbrug, Callantsoog, Dirkshorn, Eenigenburg, Groenveld, Groote Keeten, Kalverdijk, Keinse, Krabbendam, Schagerbrug, De Stolpen, Stroet, Tjallewal, Tolke, Tuitjenhorn, Valkkoog, Waarland, Warmenhuizen und ’t Zand.

Ich will nicht behaupten, dass ich zu jedem Ortsnamen noch ein Bild vor Augen habe. Aber das ist auch nicht nötig. Diese Frühlings- und Sommertage sind mir nämlich als *ein* Ganzes in Erinnerung, und die Namen klingen wie das unverständliche Gedicht, das untrennbar damit verbunden ist.

In einem Schulgebäude knapp außerhalb des Ringkanals in Alkmaar wurde uns an jenem Tag ein Raum zugeteilt. Kurz nach neun war der erste Kunde zur Stelle. Sein Gesicht ist im Nebel der Zeit verschwunden, genau wie die Gesichter anderer braver Mittelständler, die den Aufruf in der Zeitung gelesen hatten und jetzt kamen, um ihre Maße und Gewichte überprüfen zu lassen.

Ja, auch die Maße: Dijk hatte den Stock dabei, der den exakten Meter für die Stoffhändler bestimmte, und hantierte mit ihm, als habe er nie etwas anderes getan. Dank unserer

Ausbildung wussten wir alles über den Meter und seine Geschichte. Wir verdanken ihn zwei französischen Mathematikern, die versucht hatten, auf einer jahrelangen Höllentour zwischen Dünkirchen und Barcelona die Länge des zwischen diesen beiden Orten verlaufenden Meridians zu ermitteln.

Amiens, Paris, Orléans, Bourges, Rodez, Carcassonne, Perpignan, die von Räubern und Bürgerkrieg heimgesuchten Gipfel der Pyrenäen und natürlich alle Weiler, einsamen Bauernhöfe und Klosterruinen dazwischen, den ganzen Weg hatten sie in Karren und Kutschen zurückgelegt, manchmal auch zu Fuß oder zu Pferd, die Herren Delambre und Méchain, weil der Meter nun einmal vom Umfang der Erde hergeleitet werden musste und das Kilo dann vom Meter, Masse von Entfernung, nämlich das Gewicht von zehn Kubikzentimeter Wasser bei vier Grad Celsius – auf einer entbehrungsreichen Reise voller Rückschläge also, die vor fast zweihundert Jahren unternommen worden war, in einer anderen Zeit und in einem anderen Land.

Hier war das Leben an diesem Frühlingstag in erster Linie hell und warm, in der kleinen Stadt mit ihren beruhigenden Ringkanälen, in denen das Wasser auch in jenem Jahr kaum gefroren gewesen war, nicht einmal genug, um darauf Schlittschuh zu laufen. Wasser, das jetzt Tag für Tag um eine unmerkliche Winzigkeit wärmer wurde, sodass bald, im Sommer, wagemutige Jungen aus den Außenvierteln der Stadt demonstrieren konnten, wie sie von einer Brücke aus hineinhechteten, auch wenn es offiziell verboten war. Wenn sie die glatte Oberfläche durchschnitten, kräuselten sich ihre weißen Unterhosen an den bleichen Beinen und mageren

Schenkeln aufwärts, oder eigentlich abwärts, und wenn sie wieder auftauchten, stießen sie einen wüsten Schrei aus, der so viel bedeutete wie: So vieles ist verboten, aber ich lebe! So weit war es jetzt noch nicht. Das Wasser lag an diesem Frühlingstag unbewegt da, in aller Ruhe die Häuser von Notaren und Ärzten in den freien Flächen zwischen der Entengrütze spiegelnd.

Es ging auf halb eins zu, und überall in den Niederlanden schlossen die Geschäfte fürs Mittagessen. Wir hörten irgendwo in der Nähe eine Kirchturmuhr schlagen, als wir unsere Butterbrote auspackten und die Gesichter in die Sonne streckten. Meines rund, mit roten Wangen und damals noch unter dickem blondem Haar, seines mit den ausgeprägten Wangenknochen und dem langen Unterkiefer. Wir lehnten uns an eine kleine Mauer auf dem Platz vor der Schule, ein Mäuerchen aus rotem Backstein, das sich bereits ein wenig erwärmt hatte, hinter uns hörten wir spielende Kinder und waren uns des Raums mit der Waage und den silberfarbenen Referenzgewichten bewusst.

Alles von diesem Moment weiß ich noch, obwohl doch so viele zeitlich näher liegende Ereignisse vollkommen verschwunden sind. Vielleicht liegt das daran, dass eine andere, viel spätere Erinnerung mit ebendiesem Platz verbunden ist. Die Backsteine waren damals bereits alt und verblichen, und die Kinder waren natürlich ebenfalls nicht mehr dieselben, auch wenn sie genauso jung waren. Davon später.

4.1 | Zwei Tage pro Woche genossen Dijk und ich die theoretische Ausbildung in Delft, in dem Gebäude, in dem bis zum Jahr zuvor noch zwei Referenzmaße aufbewahrt worden waren, der Meter und das Kilo. Der Meter als Gegenstand war zwar nach wie vor da, doch dieser Balken in Form eines X war mit einem Schlag zum Museumsstück erklärt worden, als man 1960 einen Normwert aus der Natur zur Längenbestimmung angenommen hatte (die Spektrallinie eines Gases, Krypton; sie wurde ihrerseits 1983 durch die Lichtgeschwindigkeit ersetzt).

Wir haben das K53, jenes letzte greifbare Maß, einmal besichtigt. Das ging damals noch. Es wurde in einem ganz gewöhnlichen Tresor aufbewahrt, allerdings unter zwei Glasglocken. Es war viel kleiner als die Gewichte, die täglich durch unsere Hände gingen; Platin und Iridium haben eine weit höhere Dichte als Messing und Eisen und damit ein höheres spezifisches Gewicht. Klein, mächtig und allein war es, aber ganz und gar nicht beeindruckend. Auch weil wir wussten, dass es wie der Meter eines Tages würde weichen müssen, für etwas, das nicht sichtbar wäre, etwas, was mit einer Schwingungszahl oder mit Strahlung zu tun hätte, etwas, was nirgends aufbewahrt werden müsste, sondern immer und überall in der uns umgebenden Natur zu finden wäre.

Neben Winkelmessung, Mathematik und speziellen Fertigkeiten wie der Messung von Flüssigkeitsständen wurde in diesen Unterrichtsstunden also auch die Geschichte des Eichwesens gelehrt. Das war etwas, worauf man stolz sein konnte, man konnte darauf verweisen, wenn wir wieder einmal der Haarspalterei, Erbsenzählerei oder Paragraphenreiterei bezichtigt wurden. Van Swinden zum Beispiel war nicht nur Professor in Franeker gewesen, sondern hatte auch die Nummerierung der Häuser in Amsterdam erdacht und der französischen Nationalversammlung den ersten Normmeter präsentiert. Das war doch was, oder? Die Niederlande waren auch das erste Land, das die neuen Maße und Gewichte endgültig per Gesetz eingeführt hatte, nicht etwa Frankreich. Das lernten wir während des Unterrichts in jenem fahlgrauen Gebäude in einem Delfter Vorort: spaltenweise fremde Namen und Jahreszahlen. In ebendem Jahr, in dem die Ausbildung an der Hochschule abgeschafft wurde.

Es sollte das erste Mal sein, dass ich Dijks unerschütterliches Gefühl für Gerechtigkeit kennenlernte. Ein Gefühl für Gerechtigkeit, das sich dadurch auszeichnete, dass er die äußeren Umstände nicht berücksichtigte, genauso wie Le Grand K in seinem Panzerschrank einstweilen noch von nichts und niemandem beeinflusst werden sollte. Nicht von den Zeiten, nicht von den Menschen.

Über unsere Köpfe hinweg wurde etwas in Delft ausgefochten. Schon seit Jahren hatten sich nur jeweils zwei oder drei Studenten eingeschrieben. Aber die Berufsvereinigung der Eicher wollte nicht, dass ihre Mitglieder nur eine praktische Ausbildung bekamen und damit einen niedrigeren Rang hätten als Physiker oder Mathematiker, die Metrologie lediglich als Nebenfach studiert hatten. Eicher betrachteten sich selbst schon seit Generationen als eine Art Adel unter den Reichsbeamten. Der erste Direktor der Technischen Hochschule war notabene Inspekteur des Eichwesens gewesen. Und weshalb behielten die Landvermesser ihren eigenen Studiengang?

Die Antwort auf diese Frage hätte lauten können, dass das Kilo nun einmal von einem Längenmaß abgeleitet ist.

Ansonsten machte es mir nichts aus, dass wir demnächst die Bezeichnung Prüfbeamter tragen würden anstatt Eichmeister.

Das Kilo hieß auch noch sehr lange nach seiner Einführung Niederländisches Pfund, hatten wir gerade gelernt, und zwar ohne große praktische Probleme aufzuwerfen.

Das sagte ich eines Morgens zu Dijk.

»Außer für den, der glaubt, ein Pfund sei 500 Gramm«, entgegnete er sofort und mit einer Verbissenheit, die mich erstaunte.

Wir waren wieder in unserem Büro. Wir saßen uns gegenüber. Wir arbeiteten unsere Unterlagen auf, die Karten und Bescheinigungen, die abgelegt bzw. verschickt werden mussten. Dijk hatte seinen Stift hingelegt und sah mich forschend an.

»Es war vielleicht ganz klug, noch eine Weile mit einem Namen zu warten, der nach der französischen Vorherrschaft roch«, sagte ich in einem Ton, der versöhnlich klingen sollte; und ich schob gleich noch ein paar Fakten nach, mit denen wir uns im Unterricht beschäftigt hatten. »Und deshalb nannten wir im vorigen Jahrhundert den Dezimeter, den Zentimeter und den Millimeter auch noch eine Weile Handspanne, Daumen und Linie. Und einen Liter Kanne. Das ist der richtige Kaufmannsgeist: die Maße zu verändern, aber die Namen vorerst nicht.«

»Das ist politischer Opportunismus. Maße und Gewichte haben keine Nationalität, das genau ist ja das Problem.«

»Aber die Leute, die sie benutzen, doch wohl? Das Eichgesetz von 1937 wurde erst während des Krieges eingeführt, von den Deutschen. Das war der Popularität nicht gerade förderlich.«

Stockte das Gespräch, nachdem ich das gesagt hatte? Oder füge ich diese kleine Pause erst jetzt hinzu und auch den Anflug von Beunruhigung, der über Dijks langes Gesicht zog wie dunkle Wolkenfetzen an einem ansonsten gleichmäßig blauen Himmel?

Ich weiß es nicht. Ich weiß nur, dass er sich rasch wieder fasste.

»Der Popularität der Deutschen?«, fragte er eisig.

»Nein. Der Popularität des Verbots, die Bezeichnung ›Pfund‹ zu verwenden.«

»War dieses Verbot deshalb etwa weniger vernünftig? Nur weil es vom Falschen erlassen wurde? Hätte man dazuschreiben sollen, dass es demokratisch zustande gekommen und nur deshalb nicht von der Königin unterzeichnet worden war, weil sie mitsamt den Goldbarren und ihrer Familie nach England geflüchtet war? Hätten wir mit der Einführung warten sollen, bis Hitler zu genauso einer neutralen historischen Gestalt geworden war wie Napoleon?«

An diese letzte Äußerung erinnere ich mich sehr genau, und zwar, weil sie mich schockierte. 1961 gab es außer unseren Maßen und Gewichten noch ein paar Dinge, die nie relativiert wurden, und darunter fiel alles, was mit dem Krieg zusammenhing. Hitler war keine historische Gestalt, er war das Böse schlechthin. Absolut und ohne Abstriche. Napoleon, das war etwas anderes.

Ich räusperte mich. Ich wollte etwas sagen, das darauf hinauslaufen würde, in der Sache des Großen K Partei für den kleinen Korporal zu ergreifen. Doch Dijk hatte die Initiative übernommen und ließ nicht mehr locker. Wir saßen gemeinsam in den Hörsaalbänken, aber er wusste viel besser von dem Gelernten Gebrauch zu machen. Für mich war es Prüfungsstoff, bei ihm fügte es sich in vorhandenes Wissen ein.

»Napoleon …«, sagte er. »Napoleon ist der Held von Leuten, die keine Ahnung davon haben, was Heldentum ist. Von Leuten ohne Prinzipien. Napoleon führte das metrische System im Namen der Aufklärung ein und schaffte es zwei Jahre später wieder ab. Weil das Volk murrte und er vom Papst zum Kaiser gekrönt werden wollte. Die Katholiken wollten ihre Traditionen wiederhaben, nicht nur ihre Heiligen, sondern den ganzen irrationalen Kram. Napoleon war ein Feldherr, der ohne Strategie in die Schlacht zog und erst nach Tausenden von Toten nachzudenken begann. Er erlag seinem eigenen Improvisationstalent.«

Ich war sprachlos. Hier wurde mir Weltgeschichte ins Gesicht geschleudert, während ich dachte, es ginge um etwas, was mühelos auf zwei zusammengeschobene Schreibtische passte. Um einen amtlichen Konflikt, der es nie in die Geschichtsbücher schaffen würde.

Es war das erste Mal, dass Dijk mich wirklich überraschte. Bis dahin hatte ich meinen Kollegen zwar ein wenig merkwürdig gefunden, aber nicht außergewöhnlich. In der Behörde arbeiteten noch mehr komische Typen.

Was hatte seine heftige Reaktion ausgelöst? Ich musste zugeben, dass ich selbst vom Pfund angefangen hatte. Doch darauf war Dijk begierig eingegangen. Er übertrieb mit seinen Vergleichen. Man konnte aus allem ein Prinzip machen. Aber dann verlor man die Proportionen aus dem Blick.

Wie unser Gespräch endete, daran erinnere ich mich nicht mehr. Es wird verebbt sein, zuerst in meinem Schweigen, dann in seinem.

Inzwischen denke ich, dass Dijk recht hatte. Doch in welchem Punkt? Das Schlösschen mit Le Grand K wurde während der Besetzung Frankreichs zum internationalen Territorium erklärt und von den Deutschen nicht betreten. Sie hatten mehr Respekt vor dem Kilo als vor Menschen.

Waren sie deshalb besser als Napoleon, dem beide schnurz waren?

4.2 | Die Behörde hatte auf dem Papier zwei Abteilungen, die Aufsicht beziehungsweise Überprüfung hießen. Die eine empfing die Händler und Hersteller, die ihre Wiegegeräte prüfen lassen wollten, die andere machte sich selbst auf den Weg, um unangekündigt Kontrollen durchzuführen. Die meisten von uns arbeiteten für beide Abteilungen.

Die Touren durchs Land waren nicht nur dazu bestimmt, eine Liste von Mittelständlern und Werkstätten abzuarbeiten, die bereits eine Zeitlang nicht mehr zur Prüfung erschienen waren, sondern dienten auch dazu, Seitenwege einzuschlagen, ganz wörtlich, und dabei das Schaufenster eines neuen Geschäfts zu entdecken oder am Straßenrand das Schild eines Bauern, der Gemüse oder Obst feilbot.

Es machte nichts aus, dass es in jenen ersten Jahren nur zwei Dienstfahrzeuge gab und die Reise folglich per Bahn oder Bus und danach mit dem Fahrrad oder zu Fuß erfolgen musste. Gelegentlich übernachtete man in einem preiswerten Hotel oder einer kleinen Pension, und auch das war keine Strafe. Man kam mal raus, war weg vom Büro, ein Abenteuer mit Tasche, Quittungsbuch und gesetzlich legitimierter Autorität. Ein bescheidenes Abenteuer, beschränkt auf die kargen Geschäftsstraßen und emsigen Betriebe eines Landes, das noch immer im Wiederaufbau begriffen war, aber trotzdem ein Abenteuer. So fühlte es sich jedenfalls an.

Die Häuserfassaden und die Aushängeschilder, sogar die Buchstaben darauf. Sie kehren alle wieder zurück, während ich aus dem Fenster starre, die ermüdeten Augen auf Vorgarten, Strauch und Steinplattenweg gerichtet. Kein Auto musste je nach einem Parkplatz suchen, und in den Straßen der nordholländischen Dörfer hatte der Polderwind freies Spiel. Er stieß mit voller Stärke in die Dorfstraße hinein und verließ sie kurz darauf am anderen Ende, ohne irgendwo in seinem Schwung aufgehalten worden zu sein.

So leer die Straßen waren, so vollgepfropft waren die Auslagen der Geschäfte. Darin waren ganze Burgen und Pyramiden aus Dosen (Frühstücksfleisch, Milchpulver, braune Bohnen) und Packungen (Waschmittel, Kaffee, Zichorie) aufgetürmt. Sie versprachen dem Kunden, dass er im Laden nicht leer ausgehen würde: Alles wäre vorrätig. Um nichts der Phantasie zu überlassen, priesen Lebensmittel- und Gemüsehändler ihre Waren zusätzlich auf Pappschildern an, die hier und da wie Wegweiser in der Schaufensterlandschaft standen. In der Einzelhandelsschule wurde das Fach Reklamezeichnen noch unterrichtet, und somit machten sich Mittelständler an manchen Abenden unter der Wohnzimmerlampe mit roter und schwarzer Plakatfarbe an die Arbeit. »Stets frisch.« »Alles immer vorrätig.« »Qualität ist unsere Reklame.« »Ausschl. niederl. Fabrikate.«

Gerüche und Bilder, sie gehören zueinander wie Äpfel und Birnen. Man öffnete die Tür zu einem Schlachterladen, und sofort schlug einem der metallische Geruch von Blut entgegen, mochte auch noch so viel Sägemehl ausgestreut worden sein. Vor der weiß gefliesten Rückwand hingen rote Fleischstücke mitsamt Fett und Knochen an stählernen Haken. Bösen Zungen zufolge weil Schlachter sich in erster Linie gegenseitig demonstrieren wollten, wie gut es ihnen ging und dass sie im Schlachthaus tüchtig eingekauft hatten.

So ein Mann mit blutverschmierter Schürze blickte immer misstrauisch auf, wenn die Ladenglocke ging, während er ein kleines Beil treffsicher weiter niedersausen ließ.

Dieses Misstrauen wuchs noch beim Anblick zweier unbekannter junger Männer in Regenmänteln und ordentlichen Anzügen, die anstatt eines Einkaufskorbs Ledertaschen in den Händen hielten. In unserem ersten Jahr zogen wir noch nicht einzeln los. Murrend kamen die Schlachter der Aufforderung nach, Waagen und Gewichte kontrollieren zu lassen. Während sie sich die Finger noch einmal an der Schürze abwischten, antworteten sie zunächst noch spöttisch lächelnd, danach aber immer verärgerter auf die Frage, weshalb sie ihre Geräte nicht selbst zur Kontrolle angemeldet hätten. Schlachter waren dafür immer viel zu beschäftigt. Einmal die Woche morgens in aller Frühe zum Schlachthaus und an den übrigen Tagen auch nicht viel später hoch, um die Vitrine zu füllen, in der um acht Uhr, wenn der Laden geöffnet wurde,

Leber neben Mett lag, mit Speck umwickelte Hackfleischröllchen sich an Rindfleischscheiben und gewürzte Würstchen reihten, in Blechschalen, manchmal durch einen Streifen grellgrünes Kunstgras voneinander getrennt. Woher, in Gottes Namen, sollten sie die Zeit nehmen?

Gemüse riecht nicht, jedenfalls nicht im Laden. Abgesehen vielleicht von den Zwiebeln und dem sandigen Geruch, der aus einer Holzkiste mit Kartoffeln aufsteigt, irgendwo im schummrigen Licht hinten im Laden. Aber Kartoffeln verkauften viele Gemüseläden gar nicht, dafür ging man zum Kartoffelbauern. Dennoch gab es eine Art allgemeinen Geruch, der in einem Gemüseladen hing. Düster und schwer, was man angesichts von so viel Frische nicht erwarten würde, so als hätte die Luft hier ein höheres spezifisches Gewicht, mit lediglich hier und da einem fremden Akzent, wenn ein würziger Geruch aus einem Glas auf der Theke stieg.

Käseverkäufer hatten nur Käse aus dem eigenen Land, große, sahnige Scheiben, die auf Brettern auslagen, umso dunkler je älter sie waren, und mit einer matt glänzenden Paraffinschicht versehen, die ihren süßen Geruch gefangen hielt. Erst beim Anschneiden wurde er freigesetzt und bekam danach eine immer saurere Note.

Brot wurde nachts gebacken, nicht am Tag. Im Laufe des Vormittags hatte sich der Backgeruch abgeschwächt und war am Nachmittag ganz verschwunden. Dann herrschte der süße Duft von Kuchen und Gebäck vor.

Das Geschäft des Lebensmittelhändlers war ein Karussell, ein Fest der Gerüche – Kaffee, Gewürznelken, Anis, Ingwer, Waschpulver, Tee –, die sich abwechselten, jedes Mal wenn ein Vorratsglas oder eine Schublade geöffnet und die in einem Metallring auf der Waage stehende Papiertüte mit einer Schippe gefüllt wurde. Fast alles musste abgewogen werden, weswegen die Tafel- und Balkenwaagen der Lebensmittelhändler einen zentralen Platz auf der Theke einnahmen, gut im Blickfeld der Kunden, die die Bewegung des Zeigers sorgfältig verfolgten, bis er ganz zum Stillstand gekommen war und der Händler auf einem holzhaltigen Stück Papier das Gewicht mit dem Preis für hundert Gramm zu multiplizieren begann. Lebensmittelläden waren immer übervoll oder schienen es zu sein, weil die Waren von ihrer Form und Art her so unterschiedlich waren. Ich habe gesehen, gerochen, erlebt, wie all die losen Produkte verschwanden, langsam verdrängt wurden, und immer mehr verpackte Waren – in Dosen, Schachteln, luftdichten Zellophantüten – an ihre Stelle traten.

Fischhandlungen rochen häufig nicht einmal nach Fisch, und ihre Inhaber waren die schlimmsten. Ich kann mich nicht erinnern, einem Fischhändler begegnet zu sein, der mir nicht schon auf den ersten Blick verdächtig erschien, so freundlich die Begrüßung auch war. Ihre Gesichter waren von der Kälte gerötet, sie waren daran gewöhnt, nicht nur die schlaffen Leiber und nasskalten Schuppen anzufassen, sondern auch die Eisblöcke und das zerkleinerte Eis. Die niedrige Temperatur sollte alles Mögliche unterbinden und vertuschen: an erster Stelle den Geruch schneller Verderblichkeit, aber auch ihre mangelnde Sorgfalt. Fischhändler hantieren mit raschen Bewegungen, sie lassen die Fischleiber gern fest auf die kalten Fliesen klatschen. Ihre Freundlichkeit kann schon beim geringsten Anlass in helle Wut umschlagen. Man mochte sie zwar als Fischhändler bezeichnen, doch sie selbst fühlten sich eher als Kapitäne auf dem eigenen Schiff und nicht an Landvorschriften gebunden.

In Apotheken und Drogerien standen die größten und die kleinsten Wiegegeräte. Wer Mengen in Milligramm abmessen wollte – die Apotheker, wie gesagt, aber auch Juweliere –, musste selbst mit seinem Gerät zur Kontrolle in eines unserer Büros kommen. Diese Überprüfungen führten wir nicht vor Ort durch und auch nicht in einem der Schulräume oder einer der Feuerwehrgaragen, die von der jeweiligen Gemeindeverwaltung für die Nacheichung zur Verfügung gestellt wurden. In einer Ecke neben der Tür stand fast immer eine Personenwaage, manchmal mit einem Automaten, in den man fünf oder zehn Cent werfen musste. Sie übte eine unwiderstehliche Anziehungskraft auf viele Kunden aus, während der Wartezeit, bis ihre Salbe zubereitet oder ihre Pillen gedreht waren. Mit schweren Schuhen und dickem Mantel stellten sie sich auf die Laufgewichtswaage und schoben das schwergängige Schiebegewicht ruckend über die Skala.

Es gab auch Leute, die der Waage ostentativ den Rücken kehrten, die nichts Beunruhigendes über ihr Gewicht wissen oder den Verdacht der Eitelkeit auf sich lenken wollten. Meiner Ansicht nach lässt sich die Menschheit in zwei Gruppen aufteilen: die Leute, die ihr Gewicht kennen, und jene, die keine Verantwortung dafür übernehmen wollen.

Während ich an die Inneneinrichtung der Geschäfte denke, die ich – anfangs noch in Dijks Gesellschaft – zu Hunderten besucht habe, sehe ich sie sehr scharf vor mir, und trotzdem könnte ich nur in wenigen Fällen einen bestimmten Laden mit Namen und Adresse angeben. Es ist eine Empfindung, ähnlich der, wie ich sie nachts mit Dijks Gestalt und Gesicht erlebt habe: Es scheint, als läge hinter allen Kartoffelhändlern, Drogisten, Lebensmittelhändlern, Gemüsehändlern, Kühlräumen voll Fisch, indonesischen Läden und Eisenwarenhandlungen eine artspezifische Wirklichkeit – die des Standardlebensmittel- oder des Urgemüsehändlers.

Das Bild ist durch eine Vielzahl unterschiedlicher Eindrücke entstanden, die sich übereinandergeschoben haben, während einzelne Details in den Hintergrund gerückt sind. So wie alle Menschen Augen, Beine, Arme, Ohren haben, wiesen auch die Geschäfte mehr Übereinstimmungen als Unterschiede auf: die Theke mit der Geldlade, die schrägen Regale und die Körbe beim Bäcker, der Marmor beim Käsehändler und beim Milchmann die Borde, auf denen die Milchflaschen standen, der an einer Schnur hängende Bleistift, mit dem die Einkäufe in ein abgegriffenes Büchlein mit Pappeinband eingetragen wurden, damit am Sonnabend abgerechnet werden konnte, und sehr oft auch die Schiebetüren, die sich öffneten, sobald die Messingglocke gebimmelt hatte, woraufhin sich dann, seufzend, der Inhaber nach vorn begab, wobei einem gleichzeitig für einen Moment, fast obszön, ein Blick auf sein Privatleben vergönnt wurde: auf den Tisch mit dem dicken Teppichläufer, die große Lampe mit den herabhängenden Fransen, den zurückgeschobenen Stuhl, das Teeservice auf dem Tisch, daneben ein Strickzeug, auf die Socken, die gestopft werden sollten, das aufgeschlagene Kassenbuch, umgeben von einem Fächer ungeordneter Papiere.

Diese privaten Details spielten für unsere Arbeit keine Rolle.

4.3 | Es war schon nach halb sechs, es wurde Viertel vor sechs, und unter den Wartenden in der großen Halle der BV METRIFACT hatte sich eine lärmige Stimmung breitgemacht. Das lag an dem Büfett, das bereits deutlich weniger ordentlich aussah. Es wurde reichlich nachgeschenkt. Doch auch das Licht trug dazu bei, die Atmosphäre unwirklicher und unruhiger zu machen. Die Wolken jagten in immer dichter und dunkler werdenden Formationen über das gläserne Dach hoch über uns. Immer seltener riss die Wolkendecke auf, doch wenn es geschah, wirkte das jähe Lichtbündel durch den Kontrast mit der Dämmerung noch giftiger und greller, und das stählerne Ungetüm über unseren Köpfen warf mit einem Mal Schlagschatten über uns, die einem, auch wenn man nichts getrunken hatte, Angst einjagen konnten.

Ich dachte an die Leichtigkeit der Wolken. Das Wort »unzählig«, das so oft benutzt wird, wenn jemand lediglich »viel« meint, ist tatsächlich zutreffend für die winzigen Tropfen, die hoch oben am Himmel die Wolken bilden. Wir haben keine Möglichkeit, ihre Zahl festzustellen, und die Muster, die sie bilden, ergeben sich nie auf dieselbe Weise ein zweites Mal. Ihre Dichte, der Abstand zwischen den Molekülen, ist so gering, dass sie auf Staubpartikeln emporfliegen können.

Die Direktorin ließ die Lampen einschalten. Kärgliches Neonlicht mischte sich mit den kommenden und gehenden Sonnenstrahlen. Der Lärm nahm weiter zu. Sie sah mich an, mit diesem selbstbewussten Lächeln.

Ich erwiderte ihren Blick, nicht sicher, welcher Gesichtsausdruck zu der Situation passte, und zuckte noch einmal hilflos mit den Achseln.

Als habe sie auf dieses Zeichen gewartet, schritt sie in die Mitte der Halle, Glas in der einen, Papiere in der anderen Hand.

Sie hüstelte nachdrücklich.

Dijk war nachdrücklich nicht anwesend.

Das Hüsteln wäre nicht nötig gewesen. Bereits bei ihren ersten Schritten hatte sich der Lärm gelegt, man hatte mit so viel Spannung auf das gewartet, was geschehen würde, auf eine Handlung, die das Ungemach beenden oder vergrößern würde, es spielte vielleicht schon gar keine so große Rolle mehr, sofern nur irgendetwas geschah.

Ich vermutete Sensationslust, vor allem unter den jüngeren Mitarbeitern. Das kleine Grüppchen der Pensionierten hatte sich eng zusammengeschart. Sie waren überpünktlich erschienen oder sogar etwas zu früh und hatten die gemeinsamen Anekdoten inzwischen erzählt und abgehakt, auch die über die Toten.

Alle Ohren waren gespitzt, alle Augen auf den Punkt in der Mitte gerichtet.

»Tja … da steht man dann!«, rief die Direktorin so laut sie konnte, ohne dass es wie ein Schrei klang. Mit dem freien Arm machte sie eine ausladende Bewegung durch den Raum und zeigte danach auf sich selbst.

»Da steht man dann … und kann nicht anders!«

Das Gelächter, mit dem sie gerechnet hatte, blieb aus. Obwohl alle aufmerksam lauschten, verloren sich ihre Worte in dem hohen Raum.

»Sie wissen, weshalb wir uns heute Nachmittag hier versammelt haben!«

Auf die widerspenstige Akustik reagierte sie, indem sie noch etwas höher und lauter sprach.

»Aber manchmal kommt es anders, als wir denken! Der Mann, auf den wir alle, gemeinsam, wie wir hier versammelt sind, als Kollegen warten, dieser Mann ist nicht da! Vielleicht hat er sich in der Uhrzeit geirrt! Oder im Datum!«

Ob ich der Einzige war, dem in diesem Moment der Gedanke kam, dass es sehr gut umgekehrt sein konnte? Dass Dijk vielmehr der Einzige war, der sich korrekt an Tag und Uhrzeit hielt, und der Irrtum bei uns lag? Der Gedanke passte zur Situation und mehr noch zu Karl Dijk.

»Wir haben nichts von ihm gehört!«, fuhr die Direktorin fort.

Ich begann mich zu fragen, wie lange sie es schaffen würde, mit solch schriller Intonation zu sprechen.

»Aber wir gehen davon aus, dass es sich um ein Missverständnis handelt und nichts Ernstes passiert ist! Inzwischen sind Sie hier alle eingetroffen …«

Endlich senkte sie ihre Stimme.

»… und ich möchte nicht, dass Sie umsonst gekommen sind …«

Eine Aufwärtsbewegung mit dem Weinglas. Das Hochhalten, jetzt in ihrer anderen Hand, der Papiere.

Würde sie …? Würde sie die Rede verlesen, die Rede, die ich auf ihre Anweisung für ihn geschrieben hatte? Obwohl er nicht da war?

4.4 | Schlachter sind nicht nur häufig unausgeschlafen und unwirsch, es sind auch Leute, die sich eine Menge Macht beimessen. Dieses Hacken und Wühlen in großen toten Tieren gibt ihnen das Gefühl, etwas Besonderes zu sein. Sie rühren mit ihren Händen an Tod und Leben, einstiges Leben. Sie spucken größere Töne als der durchschnittliche Lebensmittelhändler.

Tatsächlich gab es natürlich nur eine Macht in dem Moment, in dem ich den Laden betrat, und das war meine, so stand es im Gesetz. Wir hatten die Befugnis, unangekündigt zu Kontrollen zu erscheinen, und wenn wir auf Widerstand stießen, war die Polizei verpflichtet, uns Beistand zu leisten.

Der Schlachter wusste das alles sehr wohl, aber das machte es nicht besser, im Gegenteil. Ich achtete daher darauf, die Dinge nicht auf die Spitze zu treiben. Stellte mich hinten im Laden an und wartete, bis der Mann seine Kunden bedient hatte. Gesehen hatte er mich dann natürlich längst. Ich sah ruhig zu, während er schnitt und sprach, das Fleisch abwog, auf den Zeiger an der Waage blickte, fragte, ob es etwas mehr sein dürfe, und bereits begann, das Pergamentpapier zuzukniffen, bevor die Antwort erfolgt war. An Letzterem konnte ich dann merken, dass er seine Nerven doch nicht ganz unter Kontrolle hatte.

Die geduldige Beobachtung des Ladeninhabers lieferte natürlich mehr interessante Informationen, wenn er nicht gleich erkannte, weswegen wir kamen, und ohne Argwohn tat, was er jeden Tag tat.

Ein extra dickes Stück Papier unter die Ware legen, unter

dem möglicherweise auch noch eine silberne Zweieinhalbguldenmünze lag.

Mit dem Fingernagel die Waagschale mit dem Gewicht anheben.

Auf der nicht genau horizontal aufgestellten Waage abwiegen.

Oder einfach den ablesbaren Teil so weit hinten auf dem Ladentisch platzieren, dass seine Kunden ihn nicht oder nur mit Mühe sehen konnten. Es gab nur wenige, die sich dann verrenkten, um die Zahlen zu lesen, oder die sich trauten, eine Bemerkung dazu fallenzulassen.

Je kleiner das Dorf, desto ausdrücklicher basierte das Verhältnis auf Vertrauen – und über dieses Vertrauen waltete man in der Praxis auf der anderen Seite des Ladentisches. Selbst nachdem wir einen Verstoß konstatiert und einen Bußgeldbescheid ausgestellt hatten, änderte sich nicht viel, wenn es keine anderen Geschäfte in der Nähe gab, die das Gleiche verkauften. Es wurde geredet, ja. Aber Worte bringen kein Gewicht auf die Waage. Sie nehmen dem Ganzen höchstens ein wenig Glanz.

Deshalb zog ich mich lieber kurz mit dem Ladeninhaber zurück, den wir bei einer Unregelmäßigkeit ertappt hatten, anstatt die ungesunde Neugier seiner Kunden zu befriedigen.

In so ein Zimmer hinter der Schiebetür, wo es stickig warm war und das häusliche Leben offen wie eine überreife Frucht vor einem lag, in der Mitte der übervolle Tisch. Oder auf den Gang neben dem Laden, kalt und schmal, wo ein großes schwarzes Fahrrad an der Wand lehnte, mit einem Korb vorne dran, und an der Wand ein Telefon mit einer glänzenden weißen Scheibe hing, ein Bakelitapparat, dessen Klacken der Wählscheibe sich bei Betätigung an den kahlen Fliesen brach und der dank des von ebendiesen Fliesen zurückgeworfenen Halls ohrenbetäubend gellen konnte, wenn jemand anrief.

Da stand ich dann, Auge in Auge mit dem Zuwiderhandelnden, der manchmal wegschaute und sich aus der Affäre zu winden versuchte, ebenso oft jedoch sein Gesicht dem meinen näherte und seinen wütenden Blick in meinen bohrte, Schaumflöckchen in den Mundwinkeln, zischend, um kein Aufsehen bei mitlauschenden Familienangehörigen oder Kunden zu erregen, aber umso eindringlicher harte Arbeit sieben Tage in der Woche, fixe Kosten, schmale Gewinnspannen und eine große Familie ins Feld führend.

Immer war in jenen ersten Jahren der Mann vor mir älter, viel älter, und sein Gesicht zeigte in den Furchen, den Falten und Fältchen, den Flecken und den geschwollenen Lidern die Last der Ladeninhaberexistenz.

Gelegentlich war es eine Frau, die mir Rede und Antwort stand. Dann kam noch ein schwerer, formloser Busen hinzu, der unter einer speckigen Schürze wogte, während sie mich ansah und für sich selbst ein gutes Wort einzulegen versuchte.

Ich konnte dem lediglich meine Befugnis entgegensetzen, meine Werkzeugtasche und mein glatt geschorenes Kinn. Vor allem aber bezog ich meine Sicherheit aus der Vorstellung, dass ich es nun einmal nicht selbst war, der ein Urteil fällte. Das tat das Urgewicht für mich, das luftdicht und erschütterungsfrei für alle Zeiten und für alle Menschen aufbewahrt wurde. Darauf wies ich dann hin.

4.5 | »Kommen Sie bitte etwas näher! Dann brauche ich nicht so zu schreien!«

Von verschiedenen Seiten näherten sich die Anwesenden der Hallenmitte. Dabei ließen sie noch einen weiten Kreis um die Direktorin frei, sodass die Szene an die rituelle Zusammenkunft einer merkwürdigen Sekte zu erinnern begann, eine Gruppe schüchterner, deshalb aber nicht weniger neugieriger Gläubiger, die sich um eine Predigerin in blutrotem Gewand versammelt hatten, in einem Tempel unter einem abstrakten Götzenbild, einem riesigen Symbol für dies oder jenes.

Sie bückte sich, um das Weinglas neben sich auf den Boden zu stellen. Überraschend geschmeidig für eine derart kompakte Erscheinung. Sie nahm die Papiere, die ich für sie vorbereitet hatte, in beide Hände. Raschelte. Hüstelte. Sie würde es tun.

»Sehr geehrte Kollegen und Ehemalige, meine Damen und Herren, verehrte Anwesende und vor allem natürlich …«

Alle verstanden die Unterbrechung, dazu hätte es der entschuldigenden Handbewegung nicht bedurft.

Über den Anfang der eigentlichen Rede hatte ich lange, sehr lange nachgedacht, den kannte ich besonders gut, und dennoch war es merkwürdig, die Worte aus ihrem Mund zu vernehmen, dem Mund mit den rosa geschminkten Lippen, jetzt und hier.

»Der Mann, von dem wir uns heute verabschieden, blickt nicht nur auf eine lange Laufbahn zurück. Er steht auch in einer langen Tradition. Ich werde Sie jetzt nicht zu den Ägyptern oder den sprichwörtlichen alten Griechen führen. Es reicht, ins achtzehnte Jahrhundert zurückzugehen, um zu erkennen, welch weiten Weg unser Beruf, Karel Dijks Beruf, zurückgelegt hat.«

Karel. Wieder dieser hartnäckige Fehler, der nur aus einer Kombination von Desinteresse und in nichts begründeter Vorwitzigkeit entstanden sein konnte, mit der sie jetzt sogar meinen geschriebenen Text korrigiert hatte. Ist ein richtiger Name wichtig? Oder ist so etwas nebensächlich?

Sie hatte darum gebeten, die Rede persönlich zu gestalten. Aber das wollte ich nicht. Und auch Dijk hätte das sicher abgelehnt, wäre er denn anwesend gewesen. In unserem Beruf wird das Einzigartige stets vom Universellen hergeleitet oder zumindest auf die Norm dafür. Dijk würde es verstehen, wenn ich jetzt das Umgekehrte für ihn tat: die Geschichte seiner Laufbahn in der unpersönlichen Entwicklung der Fakten spiegeln. Der Einzige, der das aus meiner Sicht würdigen konnte, war schließlich er selbst.

Ich hatte gedacht, dass Dijk jetzt dort stehen würde: hochgewachsen, mager, unbehaglich, den Kopf leicht schief gelegt, die Mundwinkel nach unten gezogen, abwartend, provozierend. Es hätte nur wenig gebraucht, um ihm eine missbilligende Bemerkung zu entlocken. War es daher nicht auch eine Erleichterung, dass er nicht dastand? Ich hätte es so leicht falsch machen können. Doch an den Mienen der Zuhörer erkannte ich, dass es mir bislang bestens gelungen war, nichts Bemerkenswertes zu sagen.

Die Direktorin machte ihre Sache derweil nicht schlecht. Was ich auch sonst von ihr halten mochte, eine ziemlich routinierte Rednerin war sie. Dass sie die fremden Begriffe und

Namen, die ich in mein Exposé aufgenommen hatte, richtig aussprach und auch die Schachtelsätze richtig zu Ende führte, verriet, dass sie die Rede vorbereitet hatte. Womöglich hatte sie sie sogar geübt. Es war nicht so wichtig, dass sie nicht wirklich verstand, was ich zu sagen hatte.

»1792 machten Delambre und Méchain sich im Auftrag der Französischen Akademie der Wissenschaften auf, einen Teil des Meridians zu vermessen, der von Dünkirchen nach Barcelona verläuft. Wie Sie alle wissen, sollte auf diese Weise die Länge vom Nordpol bis zum Äquator gemessen und darauf der Meter basiert werden, als zehnmillionster Teil dieser Entfernung. Und als Nächstes das Kilo, als Tausendstel eines Kubikmeters Wasser bei vier Grad Celsius, wenn Wasser seine größte Dichte hat. Dank der Arbeit dieser Herren, auch das wissen Sie, konnten Maße und Gewichte auf die Natur basiert werden, auf etwas, was so unveränderlich ist wie der Globus selbst, und nicht mehr auf den Fuß, den Abstand zwischen Nase und Daumen oder andere Körperteile dessen, der das Sagen hatte, des Königs, des Grundherrn oder eines Priesters. Mit der Willkür war es vorbei. Damit war die Grundlage unseres modernen Eichwesens geschaffen, eines der schönsten Kinder der Aufklärung. Wenn jemand sich dieses historischen Auftrags bewusst war, dann unser Kollege Dijk, der sich heute verabschiedet.«

Die Direktorin sah kurz auf von ihrem Papier.

»Na ja. Sie verstehen …«

Sie hatte ihn ansehen wollen, aber o ja, o nein, er war nicht da.

Ich hatte ihn absichtlich sachlich gehalten, den Verweis auf Delambre und Méchain. Das heißt kein Wort über die sieben Jahre Entbehrungen, Krankheit, Kriege, an Wahnsinn grenzender Verzweiflung, während sie von Turmspitze zu Berggipfel und von Stadtmauer zu Hügel zogen, um ihre Winkelmessungen durchzuführen. Nichts über die Revolution und den Plebs, der Delambre bereits an einem der ersten Tage seiner Expedition unter dem Verdacht der Spionage gefangen nahm und zur Guillotine führen wollte. Als der Gelehrte darlegte, er komme im Auftrag der Akademie der Wissenschaften, entgegnete der Anführer der Revolutionäre: »Es gibt keine Wissenschaftler mehr, wir sind jetzt alle gleich.«

Die Anmaßung, die Leistungen der beiden Perücken tragenden Männer mit seiner Laufbahn in unserer Behörde zu vergleichen, hätte Dijk nicht goutiert. Außerdem hätte ich die Analogie dann vielleicht noch weiter ausdehnen müssen. Auf Pierre-François-André Méchain, der in einem Weiler am Fuße der Pyrenäen dem Gelbfieber erlegen war, unter fürchterlichen Schmerzen, noch mehr aber von dem Bewusstsein gequält, einen Fehler in seinen Berechnungen gemacht zu haben. Einen Fehler, der im Folgenden von Jean-Baptiste-Joseph Delambre aus Respekt vor seinem Kollegen und aus praktischen Gründen bereinigt und unterschlagen wurde. Der bereits angefertigte Urmeter war 0,22 Millimeter zu kurz und ist das bis auf den heutigen Tag. Der Meter, den wir erhalten haben, basiert keineswegs auf dem Umfang der Erdkugel, sondern ist nicht mehr und nicht weniger als eine Vereinbarung unter Menschen.

Doch all das ließ ich die Direktorin nicht sagen.

Insgeheim dachte ich natürlich an unsere eigenen Reisen. Vor allem an jene in der Anfangszeit, bevor die ersten Dienstwagen an der Gracht geparkt wurden. Zwei graue Simca 1100 mit bescheidenem Laderaum, gerade ausreichend, um die Ständer und Zwanzigliterkolben zur Überprüfung der Zapfsäulen zu befördern. Um die Nutzung der Wagen war sofort ein Wettstreit entbrannt. Dijk und ich nahmen mangels eines Führerscheins nicht daran teil; nur ich änderte das später.

Die Wagen waren manchmal tagelang weg, ohne dass irgendjemand genau wusste, wo. Auf den ersten Blick mag das merkwürdig erscheinen in einer Organisation, die in ihrer Arbeit von exakten Verfahrensweisen abhängig ist. Dennoch steckt eine gewisse Logik darin. Kontrollieren und Regeln stehen auf gespanntem Fuß miteinander. Dienstreisen ließen sich nur grob planen, ging es doch gerade darum, das Unbekannte aufzuspüren, die potentielle Abweichung, den Verstoß. Nur ein unerwarteter Besuch hatte folglich Sinn. Genau wie auch das Aufspüren eines neuen Geschäfts oder einer Werkstatt, die noch nicht in unseren Karteien stand, nur dann möglich war, wenn man Seitenwege einschlug. Das Unbekannte lässt sich nicht planen. Daher musste die Aufsicht ein wenig unkonventionell sein.

4.6 | »Es war unser Landsmann Jan Hendrik van Swinden, der 1799 in der Nationalversammlung den ersten Meter in Händen hielt und den Abgeordneten zeigen durfte. Die Niederlande führten auch als erstes Land definitiv das metrische System ein. Übrigens erst 1820, aber doch noch früher als die Franzosen selbst. Die folgten 1837.«

Die Direktorin artikulierte die Jahreszahlen, als spucke sie Kirschkerne aus. Ich hatte mit dem Gedanken gespielt, noch viel mehr in den Text aufzunehmen, die ganze Rede mit Zahlen zu spicken, damit sie ein Gerippe aus harten Wirbeln und Knochen bildeten, fast ohne Fleisch. Das hätte Dijk vermutlich amüsiert. Er konnte die Zahlen beim Zuhören in die dazugehörigen Worte, Bilder, Ereignisse verwandeln – und diese dann im Kopf wieder auf Korrektheit kontrollieren. Aber jetzt war ich doch froh, dass ich diesem Impuls nicht gefolgt war. Die Rede klang auch so schon wie eine Vorlesung, wie etwas, wovon die Zuhörer sich besser Notizen machen sollten. Einige blickten schon nicht mehr auf den Mund der Frau im roten Kostüm, sondern starrten an ihr vorbei in den Raum, ließen ihren Gedanken freien Lauf oder schauten gedankenlos nach oben, wo sich die unzähligen Regentropfen sammelten.

Jahreszahlen bildeten auch das Grundmuster der Personalakte, die ich schließlich erhalten hatte. Die Mappen waren dicker als erwartet und nicht nur abgegriffen, sondern auch ungeordnet, als habe jemand schon früher darin gegraben, hastig und zugleich ohne Vorstellung von dem, was er suchte.

Ich legte die Formulare, die Prüfungsergebnisse, die Auszüge und Spesenabrechnungen in chronologischer Reihenfolge von links nach rechts vor mir auf den Tisch. Die Zeit verläuft nun einmal von links nach rechts, genauso wie wir schreiben und genauso wie sich die Sonne von Ost nach West bewegt. Delambre und Méchain reisten von Nord nach Süd beziehungsweise von Süd nach Nord in der Hoffnung, sich auf halber Strecke zu treffen.

Ganz links lag jetzt der Auszug aus dem Geburtenregister, betreffend Karl Dijk, gefolgt von weiteren Papieren, die jeweils einen sogenannten Meilenstein in seiner Laufbahn darstellten.

Über dieses Wort, »Meilenstein«, musste ich lachen. Wie viele Anstrengungen Wissenschaft und Politik auch unternommen hatten, damit die Logik des metrischen Systems sich durchsetzte, einige der alten Namen behaupteten sich hartnäckig. Niemand spricht von den Kilometersteinen in seinem Leben.

Nachdem ich die meisten Dokumente in die richtige Reihenfolge gebracht hatte, blieb ein kleiner Stapel Papiere übrig, die ich nicht gleich einordnen konnte. Briefe vor allem. Einige versehen mit einem Briefkopf und auf festes Papier getippt, andere auf durchscheinenden Durchschlagblättern mit Buchstaben in violetter Farbe, die sich im Untergrund festgebissen hatten, aber auch einige handgeschriebene Episteln – eine Korrespondenz in sehr gut leserlicher Schönschrift mit Ober- und Unterlängen, wie man sie auf Holzschulbänken mit Hilfe von Federhalter und Tintenwischer lernte.

Auch diese Briefe mussten einen Platz in der Chronologie erhalten. Masse in Länge. Ich musste etwas Einzigartiges in der Spur finden können, die hier von Dijks Laufbahn geblieben war.

Zu dem Zeitpunkt konnte ich noch nicht ahnen, dass ich das Gefundene dann unterschlagen würde.

5 | Es war eine selbst für jene farblosen Jahre sehr verwahrloste Fassade, auf die ich an jenem Abend im späten Frühjahr blickte. Im rechten Winkel zur Kneipenwand, einst weiß gestrichen und jetzt schuppig abblätternd wie kranke Haut, stand ein verbogener Fahrradständer mit einem Reklameschild für ein Erfrischungsgetränk, hergestellt aus Äpfeln, die bei der Auktion nicht verkauft worden waren.

Schwarze und blaue Buchstaben auf rotem Grund.

Hero Perl.

Wenn ich daran denke, habe ich auch sofort wieder den süßsauren Geschmack auf der Zunge und spüre, wie Kohlensäurebläschen sacht in meinem Mund zerspringen. Jener ganze Tag ist dann wieder da. War es '63?

Nachdem wir unser Diplom in der Tasche hatten, zogen wir allein los. Jene ersten Reisen, die ich für die Behörde machte, sind mir bis auf den heutigen Tag in Erinnerung. Einschließlich des Wetters und des Wolkenhimmels, wenngleich das streng genommen nicht möglich ist.

Ich war zu Fuß unterwegs. Ich war müde. Es war ein langer Tag in den Dörfern entlang dem Nord-Holland-Kanal gewesen. Schlachter, Lebensmittelhändler, Gemüsehändler, ein Drogist, ein Eisenwarenhändler – rasselnde Nägel, die abgewogen wurden. Ich hatte von Alkmaar aus den Bus genommen, Dörfer und Weiler entlang der Strecke besucht und beschloss, das letzte Stück nach Sint Maartensvlotbrug zu Fuß zu gehen. Dort würde ich mir ein Zimmer in einer Pension namens Jagdlust nehmen.

Es war ungewöhnlich warm für die Jahreszeit, und der Fußmarsch fiel mir schwerer als gedacht. Die Sonne stand tief, ich schwitzte in meinem dicken Mantel. Die Diensttasche hängte ich immer häufiger von einer auf die andere Schulter, am Morgen war sie mir deutlich leichter vorgekommen. Meine Füße schmerzten. Und Durst hatte ich auch.

Dennoch war ich noch pflichtbewusst den Deich hinuntergestiegen, als ich ein Schild mit »KARTOFFELN ZU VERK.« vor einem großen Bauernhof stehen sah. Ein Hund begann wie rasend zu bellen, seine Kette schlug laut gegen das Holz seiner Hütte. Eine Küchentür ging auf. Geklapper von Holzpantinen auf dem Hof.

Kurz darauf stand ich in einer großen Scheune neben einem riesigen Berg klobiger Vorjahreskartoffeln der Sorte Eigenheimer, einem Stapel Jutesäcke und einer rostigen Dezimalwaage, alles überzogen von einer grauen Schlammschicht, die hart geworden und am Zerbröckeln war.

Der Bauer hatte sich in geringem Abstand zu mir postiert und sah mich mit böse zugekniffenen Augen an. Sowie ich ihm den Zweck meines Kommens nannte, hatte er die Hände in die Taschen seines Arbeitsanzugs gesteckt. Er hatte seinen Sohn gerufen, einen etwa sechzehnjährigen Burschen im gleichen blauen Arbeitsanzug. Der durfte jetzt zuschauen, wie sein Vater mit Eindringlingen fertigwurde, die glaubten, ihm auf seinem eigenen Hof die Leviten lesen zu können.

Der Vater trug Holzpantinen an den Füßen, der Sohn nicht.

Ich besah mir die Waage von allen Seiten. Drückte mit dem Fuß die Plattform herunter. Sie quietschte und knarrte.

Der Bauer hatte mit griesgrämiger Miene einen Zigarrenstumpen aus einer seiner Taschen ausgegraben, parkte ihn im Mundwinkel und begann langsam darauf zu kauen.

Ich fragte nach den Gewichten.

Nickend wies er in eine Ecke.

Höflich wiederholte ich meine Frage, weil ich an der Stelle, auf die er gezeigt hatte, nichts sah. Es war so schummrig in der Scheune, dass ich nicht einmal die Rückwand des Raums erkennen konnte.

Der Bauer sah mich aus zugekniffenen Augen ein paar Sekunden lang spöttisch an. Dann ließ er seinen Sohn eine Plane wegnehmen, unter der drei schwarze Blockgewichte altmodischer Art zum Vorschein kamen und ein einfaches, kaum bearbeitetes Stück Beton, auf das mit weißer Farbe »10 kg« gepinselt war.

Ich hatte mir nicht einmal die Mühe gemacht, das Ding zu prüfen. Scheinbar ungerührt stellte ich meine Tasche ab. Ich beugte mich vor, um den Quittungsblock und einen Stift hervorzuholen, als ich hörte, dass der Bauer sich entschlossenen Schrittes entfernte. Ich blickte auf und sah gerade noch, wie er das große Scheunentor schloss und einen Holzbalken davorschob. Danach stapften die Pantinen wieder auf mich zu. Es war stockdunkel geworden.

Ich war auf erhitzte Gespräche vorbereitet und wusste, was ich dann zu tun hatte. Dieselbe simple Botschaft stets von

Neuem wiederholen, mich nicht auf Diskussionen einlassen, mich ruhig entfernen. Um später mit einem Polizeibeamten zurückzukehren.

Ich wusste auch, dass die Polizisten wenig Lust hatten, einem beizustehen, vor allem nicht in kleinen Gemeinden, in denen jeder jeden kannte. Sie murrten, versuchten die Aufgabe von sich zu schieben. Manchmal behaupteten sie schlichtweg, nichts von der Pflicht zu wissen, uns zu begleiten. Auch diesen Gesetzesparagraphen hatte ich schon gelegentlich kundig und geduldig erläutert.

Doch die Situation, in der ich mich jetzt befand, war während der Ausbildung nicht zur Sprache gekommen. In einer Dunkelheit, die keiner Eigenheimer oder Bildtstar die geringste Chance zum Keimen ließ, konfrontiert mit einem Mann, den ich schwer schnaufend näher kommen hörte, und das im Beisein seines Sohnes, dem er etwas beweisen wollte. Es war eine Kombination von Faktoren, deren Resultat ich unmöglich abschätzen konnte, es war eine Gleichung mit zu vielen Unbekannten.

Dijk schoss mir durch den Kopf. Der wäre bestimmt nicht, wie ich, einen Schritt zurückgetreten, im buchstäblichen wie im übertragenen Sinn. Der hätte den Bauern und sein Söhnchen sofort auf ihre Plätze verwiesen, indem er von Anfang an Unerschrockenheit an den Tag legte. Dijk hätte durch sie hindurchgeschaut, ihre plumpen Schädel ignoriert, den Blick auf etwas hinter ihnen gerichtet, etwas Größeres, das nur er sehen konnte: die Vorschriften, die Norm, das Gesetz.

Die Dunkelheit bewirkte, dass ich für einen Moment das Gefühl für Entfernung und Richtung verlor und damit auch für Geschwindigkeit und Zeit. Unwillkürlich dachte ich an die Brouwersgracht, an Ada, an Häuslichkeit. Länger als ein paar Sekunden kann das aber nicht gedauert haben. Mit einem Mal spürte ich, dass der Mann direkt vor mir stand. Ich roch seinen sauren Körpergeruch.

Meine Augen gewöhnten sich an die Dunkelheit, und es schien, als fände ich damit auch meine Stimme wieder. Sie klang, selbst in meinen eigenen Ohren, auffallend gelassen.

»Mijnheer«, sagte ich.

Auch den Atem aus seinem halb geöffneten Mund roch ich jetzt. Auf dem Land aß man mittags warm.

Ich trat einen Schritt zurück, und in einem Reflex riss ich die Hand hoch, um mich zu schützen. Die Hand berührte seine Schulter.

Sofort spürte ich eine Pranke, die mit voller Kraft gegen mein Brustbein drückte.

Er knurrte. »Was soll das!«

Stolpernd fiel ich hintüber. Beim Aufprall spürte ich die harten Kartoffeln durch den Mantel hindurch im Rücken, als ob es Steine wären, und gleich danach auch unter den Beinen und Armen. Meine Finger krallten sich in dem Berg fest, der sich unter mir verschob, während ich tiefer hineinglitt und die Kartoffeln polternd auf den Betonboden kullern hörte.

Ich wusste, ich lag vor seinen Füßen. In einem Berg grauer Knollen, der sich bei jeder Bewegung weiter verschob. Jetzt war ich fast dankbar, dass es dunkel war.

Es blieb still.

Als ich wieder sprach, geschah es erneut mit einer Gelassenheit, die mich selbst erstaunte. »Mijnheer. Es erscheint mir für keinen von uns beiden wünschenswert, diese Situation fortdauern zu lassen.«

Mijnheer. Wünschenswert. Und dann auch noch: fortdauern zu lassen. Waren es diese Worte gewesen, die den Ausschlag gaben? Er hatte sie vielleicht noch nie zuvor im Leben gehört, und falls doch, dann sicher nicht an ihn gerichtet.

Es konnte auch sein, dass er instinktiv begriff, dass mit dem Zu-Boden-Stoßen des Beamten seine wichtigste Aufgabe erfüllt war. Er hatte seinem Sohn klargemacht, wie man mit der Obrigkeit umgehen musste, wie man im Polder Nord-Hollands ein Kerl war und blieb. Weiter sollte er nicht gehen. Es war auch nicht nötig.

»Cor! Die Tür. Mach auf.«

Der Junge setzte sich in Bewegung. Ich hörte, wie er den Balken hochwuchtete. Ein Strahl Sonnenlicht fiel durch die hohe Tür herein und weitete sich, bis ein breiter Lichtstreifen zwischen mir und dem Ausgang lag. Ich blickte nicht hoch. Ich wusste, der Mann würde immer noch vor mir stehen, die Hände wieder in den Taschen, und mit überheblichem Blick auf meinen Abzug warten, während sich der Sohn ehrfürchtig das Resultat der väterlichen Intervention ansah.

Ich blickte nicht hoch, während ich mich mühsam aufrappelte, mir des Anblicks sehr bewusst, den ich bot, und dazu noch immer behindert durch den rollenden Kartoffelberg, klopfte mir den Staub von der Hose, vom dunklen Mantel, mit Händen, die bis unter die Fingernägel grau geworden waren, und vermied dabei, den Bauern anzusehen.

Als ich eine halbe Stunde später vor der Kneipe mit der rostigen Perl-Reklame stand, lag noch immer Staub auf den Ärmeln und Schößen meines Mantels, getrockneter Schlamm aus den Äckern rund ums Dorf.

Ich vermutete, dass der Bauer sich nicht widersetzt hätte, wenn ich die Aufforderung, seine Gewichte nachträglich ordnungsgemäß überprüfen zu lassen, ausgestellt hätte, einschließlich der Geldbuße. Er hatte seinen Punkt gemacht. Er hätte die Papiere wahrscheinlich entgegengenommen, in der Faust zerknüllt und in die Tasche seines Arbeitsanzugs gestopft. Aber ich tat es nicht. Ich stellte nichts aus. Ich gab ihm den Rat, seine Angelegenheiten in Ordnung zu bringen, und ging dann zwischen den halb geöffneten Flügeln der Scheunentür hinaus, hinein ins volle Licht jenes späten Frühlingstags.

Während ich den Hof verließ und mit langen Schritten die Deichböschung zur Straße hinaufstieg, überlegte ich, dass ich vorhin durchaus gute Gründe gehabt hätte, an dem Bauernhof vorbeizugehen. Der Arbeitstag war eigentlich zu Ende, ich befand mich auf dem Weg in meine Pension, im Büro hatte man bereits alles abgeschlossen. Was ich getan hatte, war nicht nötig gewesen, und ich hätte mir eine Menge Ärger ersparen können.

Ich blickte mich nicht um, als ich mit meiner schweren Tasche den Deich entlang in Richtung Dorf ging. Ich vermutete, dass der Mann und sein Sohn mir nachstarrten, der Sohn voller Ehrfurcht vor seinem Vater, der Vater absichtlich mit einer Miene, als sei nichts Besonderes passiert.

Kurz darauf stand ich vor der Kneipe, deren Fensterrahmen morsche Stellen aufwiesen und deren Gardinen seit Ewigkeiten nicht gewaschen worden waren. Meine Füße taten weh, und ich hatte Durst.

Den Slogan von Hero Perl kannte ich. »Flüssiges Obst.«

Neben der Tür waren drei weitere Emailschilder angebracht. Nicht nur das blau-weiße mit ERLAUBNIS A. Sondern auch das blaue mit ERLAUBNIS B, für schwachalkoholische Getränke. Und das weiße, auf dem »Volle Schankerlaubnis« stand.

Hinter der Scheibe der Eingangstür hing ein Pappschild mit dem Wort GEÖFFNET.

5.1 | Die Wirtsstube war nicht weniger schummrig als die Scheune, aus der ich kurz zuvor entkommen war. Erst nachdem meine Augen sich an dieses Schummerlicht gewöhnt hatten, erkannte ich einen langen Tresen, ein paar Tische und Stühle und, weiter hinten, einen großen Billardtisch, abgedeckt mit einer Plane. Nirgends brannte Licht.

Ich zögerte. Sollte ich kehrtmachen? War die Kneipe wirklich geöffnet? Das Wort auf dem Pappschild war ein Hinweis, kein Beweis. Aber die Tür war nicht verschlossen gewesen. Gerade als ich »Kund-schaft« rufen wollte, kam ein Räuspern aus der Richtung des Tresens. Zum zweiten Mal an diesem Tag sah ich in der Dunkelheit einen großen Mann vor mir aufragen.

»Haben Sie auf?«, fragte ich.

»Wie Sie sehen«, lautete die Antwort, die mir mit einer rauen und einigermaßen erstickten Stimme erteilt wurde, als sei sie schon seit geraumer Zeit nicht mehr gebraucht worden.

Ich ging auf ihn zu.

»Schön. Dann zapfen Sie mir doch ein Bier.«

Er deutete auf den Zapfhahn, über den ein Spüllappen nachlässig drapiert war.

»Flaschenbier ist das Einzige, was ich habe.«

»Gut, dann eine Flasche. Was gibt es denn alles?«

Ich stand jetzt genau vor dem Wirt, der mich nicht unfreundlich ansah. Er war riesig. Über seinem Bauch hing eine Schürze, die um einen fleischigen Hals gebunden war. Auf diesen Hals war ein genauso voluminöses Gesicht gepflanzt, schlampig rasiert und voller Runzeln und anderer Ausstülpungen – Warzen, Pickel oder wildes Fleisch, das konnte ich im Dämmerlicht nicht richtig erkennen.

»Hier gibt's nur noch Oranjeboom«, ertönte es aus dem Mund des Mannes. Seine Zähne waren groß und standen in einer Reihe mit verschiedenen Lücken.

»Dann eben ein Oranjeboom für mich.«

Ich bekam mein Bier, in einem Glas einer anderen Marke, und leerte es in wenigen raschen Zügen.

»Noch eins?«

Der Mann brachte jetzt zwei Flaschen zum Vorschein, goss mir ein und setzte dann seine an den Mund.

Ansonsten wurde geschwiegen. Die Stille wurde durch nichts durchbrochen, und Licht anzumachen, dazu sah er offenbar immer noch keine Veranlassung. Bis ich zu erkennen gab, ich müsse austreten.

Er deutete irgendwohin, drehte sich um und langte hinter sich nach einem Schalter. Im hinteren Teil der Kneipe sprang das Licht flackernd an. Ich ging um den Billardtisch herum zu einer giftgrünen Tür, hinter der sich in einem kahlen steinernen Raum ein großes Pinkelbecken befand. Das Fenster darüber ging auf einen Innenhof. Ich reckte mich und schaute hinaus. Kisten mit Flaschen, Besen, ein Fahrrad ohne Sattel auf platten Reifen, Stühle, denen der Sitz oder ein Bein fehlte.

In dem kleinen Raum war es kalt, man hätte meinen können, es hatte gefroren. Rost aus den drei Spritzdüsen hatte sich auf den weißen Fliesen mit jahrealten Urinablagerungen vermischt und ein gelbbraunes Muster in die Glasur gefressen. Das war nicht mehr sauber zu kriegen.

Als ich wieder in die Wirtsstube zurückging, wirkte sie fast behaglich. Auf dem abgedeckten Billardtisch lagen Stapel alter Zeitungen und Zeitschriften, die deutlich machten, dass hier schon geraume Zeit nicht mehr gespielt worden war. Doch über dem Gestell mit den Queues, einige davon versehen mit einem kleinen Vorhängeschloss, und neben den üblichen Ermahnungen – »Kreide zur rechten Zeit«, »Pique-Stoß verboten« – hing eine gut gefüllte Vitrine mit Pokalen, Fotos, Urkunden.

Ich blieb davor stehen, interessiert, wenngleich ich nicht wusste, warum.

Der letzte Pokal stammte von März 1943. Das dazugehörige Foto zeigte eine fröhliche Gesellschaft: kraftstrotzende Burschen mit kräftigen Schädeln, breit grinsend oder auch ernsterfüllt in die Kamera blickend, aufgestellt vor der Tür des Etablissements, die Arme auf den Schultern der Nebenmänner. Gerade noch sichtbar vor der strahlend weißen Hauswand war das Schild, auf dem »Volle Schankerlaubnis« stand.

Ich ging zum Tresen zurück.

»Ist es hier immer so ruhig?«

Die Stille zwischen uns beiden fand ich unangenehm, zumindest solange der Mann mir genau gegenüber am Tresen stehenblieb, anstatt sich zum Beispiel kurz mal für irgendeine Aufgabe, eine reale oder imaginäre, nach hinten zu begeben. Meine zweite Flasche Bier war noch nicht leer.

»Ruhig. Zurzeit schon. Kann man wohl sagen, ja.«

Ich hatte den Eindruck, er wäre gern bereit, mir eine Geschichte zu erzählen, vorausgesetzt, ich fragte auf die richtige Weise. Gleichzeitig begannen mir die unheilverkündenden Umrisse dieser Geschichte bereits zu dämmern. Es war nicht mehr als eine Vermutung, doch mir war nicht danach, diesen vagen Umriss mit Bosheit oder Groll oder, noch schlimmer: mit lahmen Entschuldigungen ausgefüllt zu sehen. Meine Frage reute mich bereits.

Der Wirt stellte brüsk zwei neue braune Flaschen Oranjeboom vor uns hin, noch bevor ich dagegen protestieren konnte.

»Und? Wird sich das wieder ändern?«

Auch das war keine glückliche Art und Weise, das Gespräch ins Harmlose zu wenden. Der Mann warf sich in Positur, und anstatt mir vom Angelclub oder dem Billardverein zu erzählen, traktierte er mich mit einer langen, einer langen und ausführlichen Geschichte, in der die Hauptrolle den Russen vorbehalten war.

Die Russen – wie die für mehr Kundschaft sorgen sollten, war mir anfänglich nicht klar, wenngleich ich gehört hatte, dass sie ordentlich bechern konnten. Es lief darauf hinaus, dass das Volk, das niederländische Volk, mehr Zusammengehörigkeit zeigen müsse – und auch zeigen würde, wenn es sich erst mal vor Augen hielt, was unsere Gesellschaft tatsächlich bedrohte. Während wir uns gegenseitig im Parlament bekämpften, in der sogenannten freien Presse, bei Wahlveranstaltungen, komme die wahre Bedrohung aus dem Osten.

Ich tat nicht mehr, als von Zeit zu Zeit in einer Weise zu nicken, die als zustimmend gelten mochte. Widerspruch erschien mir sinnlos. Doch es gelang mir nicht, bei der Bedrohung, die der Wirt schilderte, Kosaken zu sehen, die über die Kartoffeläcker zogen, oder Panzer mit einem roten Stern, die ein Polderschöpfwerk beschossen. Ich musste an den Mann und seine Freunde denken, als sie in diesem Dorf jung gewesen waren, als sie in die Schule gegangen und Kumpel gewesen waren, auf der Kirmes, am Angelteich und hier unter der großen Lampe über dem Billardtisch, während das Bier Abend für Abend aus dem Zapfhahn strömte. Es half nicht, dass er hier jetzt allein am Tresen stand und mit der Faust auf die Resopalplatte schlug. Das rief nur die skurrilen Bilder vom damaligen Sowjetführer in Erinnerung, der einst während einer internationalen Konferenz seine Armbanduhr zerbrach und daraufhin in ohnmächtiger Wut mit dem Schuh auf das Pult zu schlagen begann.

Eben noch hatte ich mich eingeschüchtert gefühlt, jetzt verspürte ich in erster Linie Mitleid. Ich wusste nicht, wie damit umgehen. Eine vierte Flasche Bier wies ich höflich, aber entschieden zurück. Nein, auch nicht, wenn sie aufs Haus ging.

Er konnte lange warten, bis seine Dorfgenossen wieder den Weg in seine Kneipe fänden, das wusste er selbst. Die Russen würden ihm dabei nicht helfen. Die nächste Gefahr hob die vorige nicht auf, nicht hier unter den Patrioten, die allesamt nach dem Krieg sauber geworden waren.

Ich bezahlte mit einem unbehaglichen Gefühl bei dem niedergeschlagenen Mann.

Draußen war es immer noch überraschend mild. Erst als ich durch das Dorf gegangen war und mich der Pension Jagdlust näherte, spürte ich den ersten kalten Wind vom Meer. Ich erwog, nach dem Essen – Fadennudelsuppe, Haschee, ein Apfel – einen Spaziergang zum Strand zu machen. Doch meine Füße schmerzten noch immer. Mit großer Mühe hatte ich sie, abwechselnd auf einem Bein balancierend, in meinem Dachzimmer unter den Wasserhahn gehalten. Das Linoleum war klatschnass gewesen, als ich mich auf dem Bett ausstreckte, die bestrumpften Füße an die kalten Gitterstäbe gedrückt, im Nacken die kribbelnde Wolldecke.

All die körperlichen Empfindungen gehörten zu diesem Tag, lenkten aber auch von dem ab, was geschehen war. Hatte ich zweimal versagt? Das erste Mal in Ausübung meines Amtes – und das zweite Mal einfach als Kunde, Mensch, Bürger, der mit der Situation wieder nicht zurechtkam? Gab es da einen Zusammenhang? Es fühlte sich an, als versagte ich in einer Weise, bei der auch keine Ausbildung würde helfen können.

Ich weiß nicht mehr, ob ich an Dijk gedacht habe, dort, auf jenem Bett mit der fest eingestopften kratzigen Decke, während in der Ferne vielleicht Möwen schrien, Strandhafer wogte, eine Gruppe Spaziergänger fröhlich schwatzend vom Strand zurückkehrte. Dijk war kein Maßstab für mich, das war es nicht. Ich nahm ihn nicht einmal ganz ernst. Aber er verkörperte doch etwas, was ich nicht verstand und was mir vielleicht aus diesem Grund umso mehr Respekt einflößte.

5.2 | »Seit den sechziger Jahren, meine Damen, meine Herren, hat der Einzelhandel in den Niederlanden eine tiefgreifende Veränderung erlebt. 1950 waren noch gut zwei Drittel der Geschäfte Einmannbetriebe, heutzutage gibt es sie kaum mehr. Wir sprechen seitdem nicht mehr vom Mittelstand als Gesellschaftsschicht, sondern von mittleren und kleinen Betrieben. Der Lebensmittelhändler ist nicht länger der Fachmann, der fünfhundert Gramm Schälerbsen in einer Papiertüte abwiegt. Verschwunden sind die Ladentheken von De Gruyter! Wir erinnern uns noch alle an die Schleckerei der Woche …«

Ganz hatte ich es nicht lassen können. Die Fakten stimmten. Aber ich wusste genau, dass unsere Chefin nie sehnsüchtig auf die Schleckerei der Woche gewartet hatte. Und somit beispielsweise nicht wusste, dass die Schleckerei längst nicht immer essbar war, sondern auch ein kleines Plastikspielzeug sein konnte, das für zehn Cent verkauft wurde, woran »Piet der Dieb« trotzdem noch verdiente. Die Schleckerei war eine Metapher, das Spielzeug das Resultat dieses Vergleichs.

Als Kind hatte ich diese Welt aus blauen Fliesen, aus Messing, glänzendem Holz und Kronleuchtern nur selten betreten. So dicke hatten wir es nicht. Und auch als Beamter war ich stets von Neuem beeindruckt; selbst die Ladenglocke, die unser Kommen ankündigte, schien bei De Gruyter einen vornehmeren Klang zu haben. Doch in den soliden Holzregalen an der Rückwand wurde immer weniger ausgestellt, das nicht schon abgepackt war, und abgepackte Waren brauchten nicht gewogen zu werden, sodass auch die Geschichte von dem extra dicken Papier beim Ein-Kilo-Zuckerpaket, die jahrelang in aller Munde war, von uns nicht verifiziert wurde. Ich kann mich nicht entsinnen, an den ebenfalls glänzend polierten Gewichten jemals ein Stäubchen gefunden zu haben. Der Spitzname »Piet der Dieb« war nicht gerechtfertigt. Es war die Vornehmheit von De Gruyter, die dem Vormarsch der Selbstbedienung nicht hatte widerstehen können.

Die Direktorin verlas meinen Text mit voller Überzeugung. Sie sandte ihren Zuhörern sogar von Zeit zu Zeit ein vielsagendes Lächeln. Als würden sie tatsächlich alle zusammen dieses Wissen und diese Erfahrung teilen. Als ob sie selbst je etwas kalibriert oder justiert hätte.

»Große Veränderungen haben wir und hat unser Kollege Dijk erlebt. Und die Behörde, die hat sich mitverändert. Von einer reservierten, kontrollierenden Instanz zu einem serviceorientierten Unternehmen, das mit dem Kunden mitdenkt.«

Bei diesen Worten machte die Direktorin wieder einmal eine ausladende Handbewegung, als stellten der Marmor, die Fahrstühle, der verlassene Empfangstresen und natürlich auch das Kunstwerk über unseren Köpfen die materiellen Beweise für diese Kundenorientiertheit dar.

5.3 | Dijk hatte ich nichts von dem erzählt, was in der Kartoffelscheune passiert war. Und von dem Wirt in seiner verlassenen Kneipe ließ sich schlichtweg nichts Konkretes berichten. Es waren nur meine Gedanken, die dieser Begegnung ihre Bedeutung verliehen hatten, ihre Schwere.

Also erzählte ich Dijk eine andere Geschichte, als wir uns

an unseren Holzschreibtischen wieder gegenübersaßen. Vielleicht weil ich hoffte, sie wie einen Deckmantel über die Erlebnisse der vergangenen Tage legen zu können – und über mein wenig durchgreifendes Auftreten darin. Nicht, um sie vor Dijk zu verbergen, der ja schließlich nichts davon wusste, sondern vor allem vor mir selbst.

Habe ich gerade deswegen alles so gut behalten, weil ich nicht mehr daran denken wollte? Wir waren beide draußen gewesen, wir waren beide wieder zurück im Büro. Ich hatte das Bedürfnis, etwas zu erzählen, egal was. Er nicht. Dijk hörte zu und schwieg.

Am nächsten Morgen war ich der einzige Gast im Frühstücksraum der Pension. Brot und Zwieback. Scheibe Käse, Scheibe Schinken. Viel Tee. Ich suchte den funkelnagelneuen Supermarkt in der Hauptstraße auf, in dem ich herzlich willkommen geheißen wurde und an der glänzend geputzten Schnellwaage nichts zu bemängeln fand. Ich bekam sogar einen Kaffee. Danach ging ich zu der Bushaltestelle an der Hauptstraße, außerhalb des Dorfes. Meine Füße gaben sich alle Mühe, die Erinnerung an den vorangegangenen Tag lebendig zu halten, und hatten damit leider besten Erfolg.

Nach einigen hundert Metern kam ich zu ein paar Häusern, die kaum einen Weiler bildeten, aber auch nicht als Ausläufer des Dorfes betrachtet werden konnten. Wohnungen von Landarbeitern, ehemaligen Tagelöhnern, Alten.

Auf den kleinen Vorplätzen wuchs Unkraut. Ich war schon fast daran vorbei, als ich merkte, dass das, was auf den ersten Blick wie eine Küche mit einer angelehnten zweiteiligen Tür ausgesehen hatte, auch sehr wohl ein kleiner Laden sein konnte. Eines dieser Geschäfte, in denen kaum Buch geführt wurde und folglich nicht klar war, was zum Haushalt der Inhaber gehörte und was für die Kunden bestimmt war, wo immer erst nach langem Rufen und Warten jemand erschien und Öffnungs- und Ladenschlusszeiten genauso diffus waren wie alles Übrige.

Ich kannte diese Art von Kramläden. Es schien, als wären sie nicht ganz echt, als werde darin lediglich Kaufladen gespielt. Gleichzeitig wusste ich sehr wohl, dass ihre Inhaber meist auf eine Weise lebten, die man schon nicht mehr als ehrbare Armut bezeichnen konnte, und daran war nichts gespielt.

Der gleiche hartnäckige Drang nach Vollständigkeit, der mich tags zuvor in die Kartoffelscheune geführt hatte, bewirkte, dass ich auch hier vom Weg abbog und zur Ladentür ging, die, wie sich zeigte, über keine Glocke verfügte. Stattdessen ertönte ein scheuerndes Geräusch von Holz auf Stein, als ich den unteren Teil der Tür aufdrückte.

Dicker Dunst schlug mir entgegen. Käse. Milch und Käse, in Kannen und auf Regalbrettern, nicht gekühlt und so lange es ging aufbewahrt in Erwartung der Kunden, von denen es wahrscheinlich nur wenige gab und die nur winzige Mengen abnahmen. Einen halben Liter in einem mitgebrachten Topf, hundertfünfzig Gramm mittelalten Käse in hauchdünnen Scheiben.

Die angeschnittenen Käselaibe waren in graue Tücher gewickelt. Der hölzerne Ladentisch war dunkel und wies eine Mulde an der Stelle auf, wo er am häufigsten benutzt wurde. Darauf lag ein Trichter, um die Milch umzufüllen. Daneben stand ein Regal mit Lebensmitteln – Kaffee, Tee, jeweils nur ein oder zwei Pakete –, und an einer Wand sah ich ein paar Vorratsgläser, vermutlich mit Zucker und Mehl; vielleicht auch Wäscheblau und grüne Seife. Blieb die Frage: Womit wurde das alles abgewogen? Ich sah keine Waage auf dem Ladentisch, und es hing auch keine an der niedrigen Balkendecke.

Es war kalt in dem kleinen Laden. Beleuchtet wurde er von einer einzigen Birne unter einer Mattglasabdeckung. Ich roch den schweren Molkereigeruch nicht nur, er verursachte sogar ein erdrückendes Gefühl in meiner Brust.

Die Türöffnung hinter dem Ladentisch war durch einen fettigen Vorhang abgeschirmt, dunkelgrün mit fahlen Stellen. Aus dem Raum dahinter kamen Geräusche. Eine Tür, die sich öffnete, Schlurfen auf einem Steinfußboden. Und danach noch einmal, wie ein Echo. Es näherten sich zwei Paar Füße.

Ich lehnte mich zurück und sah Dijk an. Meine Geschichte hatte keine Pointe, kein Fazit. Es war, sagen wir, eher eine Anekdote – die auf die Beschreibung des Ladens hinauslief, der beiden Leute, die ich dort antraf, und ihrer kümmerlichen Existenz, die zufällig in unser Arbeitsgebiet fiel. Darum ging es, das war die Verbindung, und auf irgendeine Weise war es von Bedeutung. Ich wusste nicht recht, wie ich das erzählen sollte, während Dijk mich unverwandt ansah. Er hatte die linke Augenbraue hochgezogen. Was wollte ich ihm eigentlich erzählen?

»Stell dir vor«, begann ich. »Dieser säuerliche Geruch. Die schmuddeligen Fliesen. Die Geräusche. Dann eine Hand, die den Vorhang ein kleines Stück zur Seite zieht, und ein Kopf erscheint. Und gleich danach noch ein Kopf, etwas tiefer. Zwei Hände, die den Vorhang festhalten. Zwei Köpfe. Ein Mann und eine Frau. Ein Mann und eine Frau, die sich unglaublich ähnlich sehen. Beide grau und mager und faltig. Beide mit misstrauischem Blick. Man hätte meinen können, dass sie im Nachtzeug waren oder etwas ganz anderes zu verbergen hatten, wie sie da standen mit dem Vorhang bis unters Kinn.«

Dijk war nicht anzusehen, was er von meiner Geschichte hielt. Falls er sich amüsierte, ließ er es sich nicht anmerken.

»Erst schauten sie nur. Auf mich, während ich mich vorstellte und sagte, weswegen ich gekommen war. Ein Ehepaar, das wahrscheinlich schon so lange zusammen war, dass einer inzwischen wie der andere aussah. Ich konnte nicht mal erkennen, ob sie erschrocken waren oder erstaunt, so ausdruckslos waren ihre Blicke. Als ob es Puppen wären. Es sah auch aus wie eine Puppenstube. Mit diesem Vorhang.«

Ich trug bei der Beschreibung der Szene so stark auf, wie ich nur konnte, um Dijk zu einem Lächeln zu verleiten. In Wirklichkeit wird der Moment, in dem die beiden alten Leutchen ihre Köpfe auf eine so ulkige Weise präsentierten, nur sehr kurz gewesen sein. Genug um aufzufallen, aber gewiss nicht so lang, dass es wirklich eine Komödie wurde. Ich hielt die Zeit des Effekts willen so lange wie möglich an, um bei meinem Kollegen Eindruck zu schinden.

»Und dann?«, fragte er sachlich. »Wo hatten sie ihre Wiegegeräte versteckt?«

»In einem Verschlag, irgendwo hinten. Sie benutzten sie nicht mehr.«

Jetzt lächelte ich eben selbst.

»Ich verstehe nicht, was daran so lustig sein soll.«

Ich gab ihm recht. Lustig war es nicht. An der Begegnung mit den beiden alten Leuten war nichts Fröhliches gewesen. Das sah ich jetzt auch ein.

Ich könnte nicht wörtlich wiedergeben, was sie zu ihrer Verteidigung anführten. Sofern es überhaupt eine solche war, die ich da hörte. Man kann umständlich sein und trotzdem wenig Worte gebrauchen, das machten die beiden da deutlich, während ich es vermied, auf ihre sich träge bewegenden Münder zu schauen, zwei identische Münder mit dünnen Lippen in einem Kranz scharfer Falten, und hinter diesen Lippen ein dunkler Raum mit wenigen Zähnen und einer schwerfälligen Zunge, aus dem das Gemurmel drang, das ich für mich zusammenzufassen versuchte. Wenn ich nicht nur gelauscht, sondern sie auch angesehen hätte, wäre die dumpfe, langsame Wortreihe noch mehr ins Stocken geraten. Also sah ich mich lieber um.

Scham hing in der Luft, dieser Luft, die ohnehin schon so schwer war von saurer Milch und schimmelndem Käse. Seit jenem Tag gehören für mich dieses Gefühl und dieser Geruch zueinander; wenn ich das eine rieche, empfinde ich das andere.

Meine Blicke schweiften durch den Raum, während ich mir geduldig die Worte und halben Sätze anhörte, schweiften über die Borde mit den vielen leeren Stellen und den feuchten grauen Tüchern, den verbeulten grünen Topf, der in einer Ecke auf dem Fußboden stand, das Fenster mit der gräulichen Scheibengardine und den alten Fliegenfänger, der sich um die Dutzende kleiner Kadaver von mehr als nur einem Sommer wand.

Wenn ich es richtig verstanden hatte, beriefen sie sich auf ein besonderes Einvernehmen mit ihren Kunden. Viele konnten das nicht sein, das leugneten sie auch nicht. Doch sie kannten jeden Einzelnen von ihnen so gut, wie sie einander kannten. Seit der Geburt, von der Schulbank, ein ganzes Leben lang. Sie bildeten so etwas wie eine Familie, die Leute, die nicht in den ViVo gingen – das war das Geschäft, das ich im Dorf gerade besucht hatte –, sondern weiterhin bei ihnen kauften. Eine Familie, die immer kleiner wurde, aber auch enger verbunden. Dann gehörte es sich nicht, zu wiegen und zu rechnen. Man vertraute einander.

Sie schienen mir fast weismachen zu wollen, die Kunden hätten selbst darum gebeten, die Waage wegzustellen. Sie hatte neben der Schneidemaschine gestanden, nahe der Stelle, wo nun das kümmerliche Regal mit den verpackten Lebensmitteln stand. Ich fasse jetzt den Tenor der Geschichte zusammen, wie sie klang, lässt sich durch all die zögernden Unterbrechungen und Abschweifungen, mit denen sie erzählt wurde, nicht mehr richtig wiedergeben. Ich weiß aber noch, dass beide mit dem Finger auf den leeren Platz zeigten. Und eine Miene dazu machten, als würde die Waage dann wieder aus dem Nichts auftauchen.

Ich sagte zu Dijk, trotz ihres Verstoßes gegen die Vorschriften hätte ich mehr Verständnis denn Missbilligung empfunden. Den Kampf gegen den ViVo mit seinen frischen Resopalflächen und der funkelnagelneuen Kasse würden sie ohnehin verlieren.

Dijk sah mich mitleidig an. »Aber du hast sie trotzdem aufgeschrieben.«

Das war keine Frage, sondern eine Feststellung. Die ich bestätigte.

In Augenblicken wie diesem fühlte ich mich Dijk gegenüber fast schuldig, denn er schien nicht so sehr Ausdruck seiner eigenen starren Ansichten zu sein, sondern wurde zur Personifizierung eines viel größeren, unumstößlichen Rechts. Es war fast so, als könne man das Edelmetall in dem staubfreien Raum hinter der Panzerschranktür glänzen sehen.

Dijk hielt einen auf Kurs.

Ich verzichtete darauf, ihm zu erzählen, dass ich zusammen mit dem alten Mann die Waage aus dem Verschlag geholt und auf den Ladentisch gestellt hatte, genau über die Mulde im abgenutzten Holz. Es war eine Avery, aus Birmingham, aus der Zeit um die Jahrhundertwende, schlampig dunkelgrün gestrichen und schmutzig und fettig, aber an sich noch durchaus gebrauchsfähig. Der Satz Gewichte war schwarz angelaufen, aber es fehlte kein einziges. Ich erklärte dem Mann und der Frau, wie das Gerät zu säubern war und dass sie ihren Kunden eine Freude machen würden, wenn diese sich darauf verlassen konnten, dass sie einen entsprechenden Gegenwert für ihr Geld bekämen. Sie hörten mir mit gesenktem Blick zu. Nichts deutete darauf hin, dass sie, nachdem ich gegangen war, ihre ausgefransten Ärmel hochkrempeln würden, um sich an die Arbeit zu machen.

Einen Moment lang erwog ich, es gemeinsam mit ihnen

zu tun, so angeschlagen und hilflos kamen sie mir vor. Doch die Aussicht, noch länger in dem kalten, dunklen Laden bleiben zu müssen und mich mit Stahlbürsten – hatten sie so etwas überhaupt? – und Putzlappen an die Arbeit zu machen, ließ mich schaudern. Es wäre auch nicht professionell, sagte ich mir; so hatte man es uns nicht beigebracht. Und irgendwo spielte möglicherweise auch der Gedanke mit, dass ich nicht in den aussichtslosen Kampf gegen den Supermarkt in der Hauptstraße hineingezogen werden wollte, dessen bunte Plastikfähnchen im Polderwind so energiegeladen flatterten.

Ich schrieb einen Vermerk, dass die beiden ihre Gewichte selbst zur Prüfung bringen müssten, und ließ den Durchschlag meines Formulars unter einer Ecke der Waage zurück, bevor ich ins Freie trat. Draußen war es dank der immer höher steigenden Frühlingssonne warm geworden.

Nach 1963 tauschte ich mit Dijk Erfahrungen dieser Art nicht mehr aus.

5.4 | Ganz links auf der Tischplatte lagen die Dokumente, die wir bei unserer Bewerbung hatten vorlegen müssen. Wie ich hatte auch Dijk sein Bewerbungsschreiben in möglichst unpersönlichen Formulierungen abgefasst. Wir hatten uns den Wortlaut auch nicht selbst ausgedacht, sondern wie jeder in jener Zeit aus den Kanarie-Büchlein *Erfolgreich bewerben* und *Wie schreibe ich einen Bewerbungsbrief* abgekupfert.

Die Kanarie-Büchlein waren grellgelbe Hefte, die nach Gebrauch häufig weitergegeben wurden und deshalb nicht nur gelb, sondern auch ziemlich abgegriffen waren. Sie wurden von einer Firma mit dem hoffnungsvollen Namen »Erfolg« herausgegeben, die – eigenartig, dass ich das noch weiß – in Den Haag am Prinsevinkenpark ihren Sitz hatte. Wer sich erfolgreich beworben und das Büchlein an einen Freund oder Bekannten weitergegeben hatte, konnte sich danach mit Dutzenden von Fortsetzungsbänden (*So hat ein Verkäufer Erfolg*, *Geld verdienen mit der Schreibmaschine* oder *Die Kunst des Telefonierens*) fortbilden und sich einen Terminkalender derselben Marke kaufen. Erfolg war nichts, was einem widerfuhr. Es war ein Prinzip, eine Sache des Befolgens von Richtlinien. Einen Brief mit selbst erdachten Formulierungen und einem persönlichen Motiv für die Bewerbung hätte der Direktor der Behörde als unseriös beiseitegelegt.

Die Überraschung verbarg sich folglich auch nicht in dem Bewerbungsschreiben, das ich eilig und mit einem angenehm prickelnden Gefühl des Wiedererkennens überflog. Es waren die mit einer viereckigen Büroklammer angefügten Formulare, bei denen irgendetwas merkwürdig war. Das begann bereits bei der Kopie der Geburtsurkunde, ein Papier, das trotz des oft festlichen Anlasses wie eine Routinesache ausgestellt und ausgehändigt wird – und so sah es auch aus, mit seinen vorgedruckten Rubriken und den beiden Stempeln, der Unterschrift des Beamten und dem Siegel als Beweis dafür, dass die Gebühren entrichtet worden waren. Es gab Dijks Geburtsdatum und den Ort an. Doch hinter »Vater« und »Mutter« war die Urkunde zweimal mit einem schwungvollen, über den gepunkteten Linien schwebenden langen Federstrich versehen.

Es schien sogar, als seien diese leicht gebogenen Striche mit einem ganz besonderen Vergnügen und sehr dezidiert in einem einzigen festen Schwung gezogen worden. Die Geburt war von einem Standesbeamten als Vertreter des Bürgermeisters angezeigt worden.

Ich starrte geraume Zeit auf das dünne Papier mit dem Stempel ABSCHRIFT rechts oben. Es hatte, soweit feststellbar, keinen eigenen Geruch. Es löste auch keinerlei Assoziation mit irgendetwas aus, was ich mit Dijk je erörtert oder erlebt hatte.

Fast fünfundvierzig Jahre lang hatten wir einander gekannt, aber es wunderte mich nicht, dass er nie etwas von seinen Eltern erzählt hatte. Dass wir über unser Familienleben nicht sprachen, gehörte zu dem Einvernehmen, das wir stillschweigend getroffen hatten. Dijk sprach nie von einem traurigen oder erfreulichen Ereignis in seinem Umfeld – Tod, Heirat, Geburt. Das war genauso etwas wie die Tatsache, dass es bei ihm nie ein freundliches Lächeln gab. Auch das beschäftigte mich schon lange nicht mehr. Es gehörte einfach zu seiner etwas eigenartigen Persönlichkeit. Ich war daran gewöhnt.

Warum lag eigentlich eine Kopie der Geburtsurkunde in seiner Akte? Ich sah, dass es auch einen Auszug aus dem Melderegister gab. Und ein Führungszeugnis. Selbstverständlich wurden hohe Anforderungen an unsere Integrität gestellt. Aber hätten die beiden letztgenannten Dokumente nicht ausgereicht? Warum auch noch die Geburtsurkunde?

Ich sah mir noch einmal die Kopie und den Auszug an, der lediglich bestätigte, dass Dijk in unserer Stadt geboren und wohnhaft war. Kein Vater. Keine Mutter. Über seine Abkunft vermeldete er nichts.

Dann betrachtete ich die Stempel, die von unserer eigenen

Verwaltung stammten: Das Datum hinter dem Wort »Eingang« auf der Kopie der Geburtsurkunde lag ein gutes Jahr nach dem des Bewerbungsschreibens. Dijk war zu der Zeit längst im Dienst.

Ich kann nicht sagen, dass mich sofort Aufregung ergriff. Das geschah erst später. Ich befand mich noch immer in einem fensterlosen Raum mit einer Neonröhre an der Decke, einem Raum, leer bis auf einen Stuhl und einen Tisch mit einer hellgrauen Platte, auf dem die Papiere ausgebreitet lagen. Es schien, als seien auch sie von einem ganz dünnen grauen Schleier überzogen, wodurch sie trotz ihres unterschiedlichen Aussehens – fest oder dünn, handgeschrieben, getippt, in Mappen, als lose Notizen – dennoch einen einheitlichen Eindruck machten. Sie verwiesen auf Vorschriften und Ereignisse, deren Aktualität schon so lange vorbei war, dass man sich kaum noch vorstellen konnte, dass sie irgendwann von Bedeutung gewesen waren. Das Grau, anders war es nicht zu deuten, war der Niederschlag der Zeit.

Langsam ging mir auf, dass Dijk ein Waisenkind gewesen war und dazu auch noch von unbekannten Eltern. Ein Findelkind.

Unbestreitbar: Das war etwas Besonderes. Und es war überraschend. Aber es bestätigte in gewisser Weise auch mein Bild von ihm. Er war schon von klein auf unabhängig gewesen.

Und erst dann entdeckte ich noch etwas, etwas, über das ich anfangs hinweggelesen hatte, als ich mir Dijks Personalien zum ersten Mal angesehen hatte, am Bildschirm, oberirdisch. Sein Geburtsdatum. Der unbekannte Gemeindebeamte hatte den 4. September 1944 eingetragen. Dijk war also nicht älter, sondern jünger als ich, sogar falls der Tag nicht genau feststand, weil seine Eltern verschwunden waren und keine Auskünfte hatten erteilen können.

Sein Verhalten und auch sein Äußeres hatten mir stets das Gefühl vermittelt, er sei mir voraus, wisse mehr – und müsse daher wohl auch vor mir geboren sein. Doch das war eine Annahme gewesen, keine Tatsache.

Mir ging alles Mögliche durch den Kopf, während ich diese Information zu verarbeiten versuchte. Erstaunen, Verwirrung, Neugier. Und, ganz unsinnig, weil ich schon seit Jahren nicht mehr rauchte: Lust auf eine Zigarette. Hier, in der rauschenden Kellerstille, würde das Anzünden eines Streichholzes wie ein Peitschenschlag klingen, man würde, wenn Tabak und Papier von der Flamme erfasst wurden, das allerleiseste Knistern hören, dann den warmen Rauch im Mund spüren und gleich darauf dieses Prickeln in den Lungen, wodurch das Denken auch sofort an Schärfe gewann.

Ich war auf eine neue Wahrheit über Karl Dijk gestoßen. Aber ich wusste, ich würde nichts damit anfangen können. Es war ausgeschlossen, in der Rede, die ich zu schreiben hatte, auch nur die leiseste Anspielung auf sein Privatleben zu machen. Wenn ich das fünfundvierzig Jahre lang nicht getan hatte, weil wir uns darauf verständigt hatten, dann musste ich seine Verschlossenheit auch jetzt, gerade jetzt, respektieren. Und die Direktorin sollte es schon gar nicht wagen, persönlich zu werden, auch wenn es genau das war, was sie so gern wollte.

Oder … schoss es mir durch den Kopf … oder gerade doch.

Vielleicht konnte ich ihr, gerade weil sie etwas repräsentierte, was nichts mit dem Wesen der Behörde zu tun hatte, Worte in den Mund legen, die an das Wesen unseres unergründlichen Ex-Kollegen rührten.

Ich sortierte den Rest der Papiere und fand die Briefe, die Dijk, während er mir in unserem schäbigen kleinen Zimmer an der Brouwersgracht gegenübersaß, in seinem einsamen Protest gegen die Aufhebung des Ausbildungsgangs in Delft verfasst hatte. Trotz des heftigen Tons und seiner Berufung auf Gesetze und Prinzipien machten sie keinerlei Eindruck mehr. Das Problem hatte sich inzwischen durch die Zeit und alle nachfolgenden Ereignisse auf Nichts reduziert.

Immerhin brachten die Briefe die physische Beschaffenheit jener Zeit zurück. Ich sah Dijks große Hand wieder über das Papier wandern, ich sah die tiefe Furche, die er auch damals schon auf seine hohe Stirn zaubern konnte, eine Stirn, hinter der er, ohne ein weiteres Wort zu verlieren, die Enttäuschung darüber wegschloss, dass ich seinen Protest nicht unterschreiben wollte.

Ich konnte unser Zusammensein beinahe riechen und bildete mir ein, noch genau zu wissen, wie das Licht aus dem hohen Fenster fiel und auf seiner Bahn die wirbelnden Staubteilchen über unseren Schreibtischen sichtbar machte. Es war nicht der Wortlaut, der diese Empfindung auslöste, nicht der Wortlaut allein, sondern auch das Papier, das ich an meinen Fingerspitzen fühlte, die verblichene Tinte, es waren die kräftigen Buchstaben, die Karl Dijks Füller ihm anvertraut hatte. Ein billiger Pelikan mit grünen und schwarzen Streifen und goldenem Clip, den er noch jahrelang benutzen sollte. Das also taten die Dinge, das konnten sie tun: sich mit

Erinnerungen füllen, so wie ein Füllfederhalter Tinte einsog, die ihm danach in Form von Buchstaben wieder entfloss.

Ich sortierte die Gehaltsabrechnungen, Änderungen in den Dienstvorschriften, Beurteilungen in Standardsprache und andere Dokumente in Stapeln und chronologisch nebeneinander, bis ich das Jahr erreicht hatte, in dem die digitale Phase begann. War uns seinerzeit nicht versprochen worden, die Digitalisierung sei eine Ergänzung, eine Fortführung mit anderen Mitteln und nicht der Bruch, als der sie sich erwiesen hat? Ich hatte die Angaben, die drei Tage zuvor auf meinem Bildschirm erschienen waren, mit einem Gefühl stillen Widerstands einfach doch ausgedruckt und legte sie jetzt ans äußerste Ende meiner Sammlung, ganz rechts an den Tischrand.

Ein dünnes Bündel mit drei länglichen gelben Umschlägen hatte ich zunächst noch beiseitegelassen. Sie wurden von einem Gummiring zusammengehalten, der zerriss, als ich ihn entfernte.

Ich legte die Umschläge in die leere Mitte des Tischs. Alle drei waren an die Behörde adressiert, zu Händen des »Herrn Direktors« und anscheinend mit einem scharfen Brieföffner aufgeschnitten.

Ich dachte kurz an unseren ersten Direktor, wie er morgens an seinem Schreibtisch saß und mit schnellen, selbstsicheren Bewegungen das Briefmesser flitzen ließ, während er beurteilte, sortierte, wegwarf, aufbewahrte. Nach der zweiten Postzustellung am Nachmittag tat er es noch einmal.

In der linken oberen Ecke jedes der Umschläge stand »*Persönlich / Vertraulich*«, zweifach unterstrichen.

Was kann nach gut vierzig Jahren noch vertraulich sein? Mit der Zeit wird alles öffentlich oder – zu Recht – vergessen. Dennoch, ich gebe es zu, löste der physische Kontakt mit diesen vor so langer Zeit aufgegebenen Briefen ein Gefühl der Erregung in mir aus. Das lag weniger an den Worten – »persönlich«, »vertraulich« – als vielmehr an der Verbindung mit dem steifen Papier, den noch immer scharfen Rändern an der Aufschnittstelle, am Anblick der steilen Handschrift, der dunkelblauen Zwölf-Cent-Marken mit dem Konterfei der Königin Juliana, drei Stück, und einer weiteren Marke, der letzten, einer Sommermarke mit einem Strandvogel, keinem Prinzenfink, sondern einem Tier mit langem Schnabel, das vier Cent zusätzlich für einen guten Zweck einbrachte und mich für einen Moment die Seeluft riechen ließ, die salzige, kalte Brise am Strand bei Sint Maartenszee, ein Strand, an dem ich damals noch nie gewesen war.

Der Poststempel mit dem Datum war gut lesbar. Die Briefe kamen aus unserer Stadt, auch das war deutlich zu erkennen. Aber warum wurden die Umschläge eigentlich in unserem Archiv aufbewahrt? Es wirkte gerade so, als müsse der Inhalt besonders geschützt werden. Sie stellten ein fremdartiges Element in der Dokumentation von Dijks Dienstverhältnis dar.

Eines nach dem anderen zog ich die beschriebenen Blätter aus ihrer Hülle. Es waren gefütterte Umschläge, innen dunkelblau. Papiergeknister. Sie trugen keinen Briefkopf und waren alle von derselben Hand geschrieben, auf doppelt gefaltetem liniiertem Papier. Nur der erste Umschlag enthielt zwei dichtbeschriebene Blätter, also vier ganze Seiten, danach wurden die Schreiben immer kürzer. Ich konnte die Zeit nicht nur von links nach rechts, sondern auch von oben nach unten lesen, als stiege man über einen Bergwerksschacht in immer ältere Schichten hinab. Doch ich begann unten und folglich, ohne das Ende zu kennen, beim ersten Brief.

In meiner Erinnerung flackert die Neonröhre jetzt kurz über meinem Kopf.

6 | Hinterher hat sich herausgestellt, dass unsere ersten Jahre auch die letzten der Behörde waren, wie sie bereits seit über hundert Jahren bestanden hatte, mit reichswappengeschmückten Büros in jeder Provinz und in den meisten Großstädten, mit ihrer Hierarchie und ihrem Stolz und sogar mit der Suggestion, wir machten aus unseren Mitbürgern bessere Menschen.

König Willem I. hatte bei der Einweihung erklärt, das Eichgesetz sei dazu gedacht, die Ehrlichkeit zu fördern. Nicht das Recht, die Logik oder die Exaktheit, sondern die Ehrlichkeit, und das ist doch wirklich eine Sache der Moral. Wenngleich es natürlich möglich ist, dass der König nicht richtig achtgegeben hat und einem neuen Begriff versehentlich einen alten Namen gab.

Das Eichen von Maßen und Gewichten, von Länge und Masse war das Erste, womit die Behörde sich ursprünglich befasst hatte, und noch immer empfanden viele von uns daran ein simples Vergnügen. Es war Arbeit, die man in die Hand nehmen konnte, ganz wörtlich, die kühlen Gewichte, den Messstab für Stoffe, die Zeiger, die Waagschalen. Es gehörten Gesichter dazu, Menschen, die auf der anderen Seite des Ladentischs angespannt oder mit ungerührter Miene den Handgriffen zusahen, die man verrichtete, und sich dann doch erleichtert zeigten, wenn alles in Ordnung war, was sich in einer etwas zu fröhlichen Bemerkung beim Abschied oder dem Anbieten einer – höflichen abgelehnten – mattierten Zigarre äußerte.

Die Welt um uns herum war im Begriff, sich zu verändern, wie sie es in den zurückliegenden eineinhalb Jahrhunderten schon so oft getan hatte, doch bis dahin hatte sie die Behörde mitsamt allem, wofür sie stand, in Ruhe gelassen. Davon zeugte der Status des Kilos und des Meters im besetzten Paris. Gesetze wurden außer Kraft gesetzt und Verträge verletzt, Geld für wertlos erklärt und Menschen in Viehwaggons gepfercht. Auf nichts konnte man sich mehr verlassen, doch der Meter und das Kilo lagen unbehelligt in ihrem Panzerschrank.

Die Kontrolle von Gasuhren, Zapfsäulen, Brückenwaagen und Verschiedenem mehr gehörte schon vor dem Krieg zu unserem Aufgabenbereich. Es kam immer mehr hinzu. Aber ich glaube, die meisten von uns betrachteten das als Erweiterung, nicht als Veränderung. Etwas, was allenfalls ein paar Anpassungen erforderte, neue Instrumente, hier und da eine Fortbildung. Die Behörde erhielt mehr Autos, mehr Labore.

Es erschien undenkbar, dass das, was für alle Zeiten vereinbart war und von uns überwacht wurde, jemals wieder der Willkür der Menschen anheimfiele. Darauf würde die Zeit keinen Zugriff erhalten. Auch ich dachte das. Oder, besser gesagt: Weil es selbstverständlich war, dachte ich nicht darüber nach.

Doch genau 1961, in dem Jahr, als wir in die Behörde eintraten, hatte die Debatte über ihre Zukunft begonnen. Einstweilen nur im Verborgenen, in Ministerien und Direktorenbüros. Dass wir uns genau genommen mit lediglich zwei der sieben messbaren Grundeinheiten in der Physik befassten, hatte vielleicht theoretisch damit zu tun. Aber was sollte ein Gemüsehändler oder sogar ein Chemikaliengroßhandel mit der molekularen Masse seiner Waren? Zeit, Temperatur, elektrischer Strom und Lichtstärke mussten ebenfalls gemessen werden, doch die erschienen uns von weniger direkter und praktischer Bedeutung.

Wenn ich heute diese Reihe betrachte, denke ich anders darüber.

Wenn wir uns schon seit Langem mit Gas befassten, warum dann nicht auch mit Strom oder Wärme?

Auch die Stärke des Lichts ist etwas, dessen ich mir mit dem Älterwerden immer bewusster geworden bin. Allerdings nicht auf messbare Weise, fürchte ich.

Und Zeit … für die Zeit gilt das Gleiche, nur noch heftiger. Zeit gewinnt, je älter man wird, immer mehr an Bedeutung.

6.1 | Ich ließ meinen Blick nach oben wandern, über die unnütze bleischwere Dekoration mit ihrer naheliegenden Symbolik und durch das Glasdach hindurch auf die dahinjagenden Wolken, während die Direktorin sich mit fröhlicher Intonation einen Weg durch die genauso naheliegenden Worte meiner Abschiedsrede bahnte.

»Große Veränderungen waren kennzeichnend für die sechziger Jahre«, sprach sie entzückt. »Veränderungen auf allen Gebieten. Unser Wohlstand nahm zu. Die Menschen wurden mündiger. Autorität wurde nicht mehr akzeptiert, ohne dass man sie hinterfragte. Und die Veränderungen in der Gesellschaft blieben wie selbstverständlich auch nicht ohne Auswirkungen auf die Institution, die damals noch unter dem Namen, dem altbekannten Namen Reichsbehörde für das Eichwesen firmierte.«

Zwei Wörter hatte sie meinem Text hinzugefügt. »Wie selbstverständlich.« Das hatte ich nicht geschrieben. Keiner der Zuhörer würde Anstoß daran nehmen, normalerweise auch ich nicht. Ein Wörtchen mehr oder weniger aus Gründen des Klangs oder um einen Einwand von vornherein zu entkräften, was tut das schon zur Sache, wenn es um die große Linie geht. Aber für Dijk war genau das von entscheidender Bedeutung: dass die Veränderungen keineswegs selbstverständlich waren.

Oder, besser gesagt: Die Anpassungen an diese Veränderungen waren es nicht.

Während die Direktorin noch einige gesellschaftliche Entwicklungen aufzählte, die als allgemein bekannt vorausgesetzt werden durften, musste ich an den Tag denken, an dem der erste Kollege, eines Montagmorgens, einfach so, als ob es selbstverständlich wäre, ohne Krawatte im Büro erschien.

Seinen Namen habe ich vergessen, er hat nicht lange bei uns gearbeitet, vielleicht ja als Folge seines abenteuerlichen Geistes. Doch die einstudiert lässige Miene, die er dabei zog, und die Art und Weise, wie er unsere erstaunten und vielsagenden Blicke ignorierte, die stehen mir noch deutlich vor Augen. Fehlte nur noch, dass er leise eine Melodie zwischen den Zähnen gepfiffen hätte. Das könnte ich mir jetzt leicht dazudenken.

Wir haben an jenem Vormittag und jenem Nachmittag alle darauf gewartet, dass der Mann – er hatte ein bleiches, leicht dümmliches Gesicht und Haare, die im Nacken auf den Hemdkragen stießen – für eine gehörige Ermahnung zum Direktor gerufen würde. Aber niemand hatte offenbar weitergemeldet, was wir doch alle mit einem Gefühl der Verwunderung konstatiert hatten, und der Direktor machte zwar regelmäßig eine Runde durch das Gebäude, an diesem Tag aber zufällig nicht. So wurde es zehn, zwölf, drei, fünf Uhr, und am Ende des Tages war ein Präzedenzfall geschaffen, dem sich in den darauffolgenden Wochen und Monaten, anfänglich vorsichtig und nur Einzelne, allmählich aber immer häufiger und immer mehr Mitarbeiter anschlossen, ohne dass eine Reaktion erfolgte.

So kommen Durchbrüche zustande. Nicht mit einem Knall, sondern mehr oder weniger nebenbei, kaum bemerkt, langsam und vorsichtig, flüsternd und tropfenweise, bis es irgendwann zu spät ist, noch etwas dagegen zu unternehmen. Die Krawatten von Karl Dijk waren schmal und sind immer schmal geblieben, egal, was die Mode diktieren mochte, schmal und dunkel, ein Strich, der nach oben, auf seinen langen Hals wies und zugleich dessen Fortsetzung bildete. Das hing davon ab, ob man den Blick von unten nach oben oder von oben nach unten wandern ließ.

Die Direktorin nahm einen kleinen Schluck Wasser, das ihr auf ihre Bitte hin gereicht worden war, hüstelte wieder und sah sich dann ernst im Kreis um. Als wolle sie den Anwesenden klarmachen, wie sehr sie sich bewusst war, dass das, was sie zu sagen hatte, wirklich als Ehrenerweisung für den leider

Abwesenden gedacht war. Dann fuhr sie mit meinen Ausführungen fort.

Ich merkte, dass sie eine ganze Passage wegließ, nämlich einen oder zwei Absätze, die ich der Technik unserer Instrumente gewidmet hatte. Darin hatte ich einige nur für aufmerksame Ohren heraushörbare Verweise auf den geschmälerten Status der Behörde eingebaut. Ich ging nicht davon aus, dass sie sie bemerkt hatte. Wahrscheinlicher war, dass sie diese Teile meines Textes einfach langweilig gefunden hatte, befand sie sich doch auf der Suche nach dem menschlichen Aspekt in allen Fasern unserer Ausführungen.

Mit einem Mal hatte ich das Bild der Direktorin vor Augen, wie sie zu Hause, in ihrem Schlafzimmer, vor einem großen Ankleidespiegel die Rede geübt hatte, mit Intonationen und Gesten, die das Ganze attraktiver machen sollten. Vielleicht war sie noch nicht ganz angekleidet, trug einen wattierten Morgenrock oder lediglich lachsfarbene Unterwäsche, die ihren molligen Körper unter dem Kostüm einschnüren würde, das bereits parat hing und angezogen würde, sobald ihre Haare trocken waren und der Text einstudiert.

Wer sich so etwas einmal vorgestellt hat, wird es nicht mehr so leicht los. Ich versuchte, an Dijks Krawatten zu denken, mich auf meinen eigenen Text zu konzentrieren und nichts als diesen Text. Ich stellte mir vor, es sei von Bedeutung, eventuelle weitere Abweichungen und Auslassungen zu registrieren.

Es half nicht. Meine Vorstellung besaß offenbar einen eigenen Willen und ließ sich nicht zwingen. Vielleicht trug sie ja gar keine lachsrosa Wäsche. Sie könnte auch hautfarben sein.

6.2 | In jenen Jahren geschah alles Mögliche in der Stadt. Ein Mann hatte sich ein Loch in den Kopf gebohrt, und um das zu feiern, wurden vor einem Standbild, das ein Zigarettenhersteller bezahlt hatte, Feuer entzündet. Sie waren in unserem Alter, die jungen Männer und Frauen, die das taten. Das Standbild stellte einen Straßenjungen dar, wie ich selbst noch vor wenigen Jahren einer gewesen war. Sie nicht, sie waren Studenten, die die Straße gerade erst entdeckt hatten. Das Standbild hatte die Hände in die Seiten gestemmt und einen herausfordernden Blick auf dem modellierten Gesicht. Ich hörte von den Ereignissen übers Radio, und wir sprachen untereinander darüber, als geschähe es in einem fernen fremden Land, missbilligend, aber in erster Linie achselzuckend. Es kam uns nicht in den Sinn, hinzugehen und uns das anzuschauen.

Sogar als es in der Nähe zu tagelangen Straßenkämpfen kam – das Pflaster wurde aufgerissen, der Hauptbahnhof geschlossen – und wir an der Gracht Polizeisirenen und unverständliche Worte aus Megaphonen hören konnten, wurde die Arbeit nicht unterbrochen. Einige Kollegen mussten auf dem Weg ins Büro Umwege machen. Eines Tages fuhren am Nachmittag in diesem Teil der Stadt keine Straßenbahnen, und darüber wurde damals gemurrt. Uns entging also nicht, dass etwas geschah; aber es ging uns nichts an. Um urteilen zu können, benötigt man Überblick und Distanz.

Und manchmal bemerkt man etwas erst, wenn es nicht mehr da ist. Diese Erkenntnis drang vor einigen Tagen zu mir durch, als ich, wie jetzt fast ständig, an früher dachte und an die Gerüche von früher, bei geschlossener Studierzimmertür und nach wie vor unveränderter Aussicht und unverändertem Wetter.

Ada hatte mir Essen gebracht. An die Tür geklopft und es neben mich gestellt. Ich kann mich nicht erinnern, dass es schon einmal vorgekommen wäre, dass ich zu Hause allein gegessen habe. Ich hatte auch jetzt nicht darum gebeten. Aber ich hatte auch nicht protestiert.

Wieder fuhr mir ihre Hand durchs Haar. Sie hatte ein neues Gericht gekocht, aus einer Zeitschrift. Ich habe es mit Appetit gegessen, der leere Teller steht jetzt neben mir, darauf Messer und Gabel, leeres Milchglas daneben. An die Gewürze erinnere ich mich jedoch nicht mehr. Etwas Scharfes, das spüre ich noch am Gaumen und auf der Zunge.

Wer mich, als ich noch dort gearbeitet habe, gefragt hätte, wie es in unserem Gebäude roch, dem hätte ich die Antwort wahrscheinlich schuldig bleiben müssen. Nicht umsonst lassen sich Gerüche nicht messen. Doch jetzt, da ich daran zurückdenke, weiß ich es genau: nach Bohnerwachs und dicker Bleichsodalauge auf den Fluren und in den Toiletten, nach nassen Mänteln im Winter und nach Männerschweiß im Sommer, im Umkreis mancher Kollegen nach Old Spice und Brillantine, an der Tür und auf dem kleinen Innenhof nach einem Hauch Heizöl. Und immer, überall, nach Zigaretten.

Alle rauchten. In Warteräumen und Kneipen, in Zügen und Büros, im Auto, auf der Straße (wenngleich das für anständige Frauen als nicht schicklich empfunden wurde), in der Praxis des Hausarztes, im Gemeinderat und in der Regierung, noch vor dem Frühstück und nach jeder Mahlzeit. Nur wenn Explosionsgefahr bestand oder leicht entflammbare Brennstoffe in der Nähe waren, hing ein Schild mit »Rauchen streng verboten« an der Wand. Und es schien, dass manche Studenten und Künstler, die der Polizei in der Stadt das Leben schwermachten, auch gegen Zigaretten protestierten. Aus Gesundheitsgründen, wie sie sagten. Aber alle wussten, das war nur ein Vorwand, um sich gegen die Normen aufzulehnen, die nun einmal in unserer Gesellschaft galten. »Ein zufriedener Raucher ist kein Unruhestifter« stand, kunstvoll ins Holz gekerbt, bei uns daheim auf meines Vaters Pfeifenständer. Ein Spruch, den Ada ohne weiteres unterschreiben würde, wenngleich sie selbst nur selten rauchte, zum Beispiel bei festlichen Anlässen, wobei sie sich gern auslachen ließ wegen ihres ungeschickten Umgangs mit dem für sie fremden Ding, der Zigarette.

Es hat durchaus einen lustigen kleinen Vorteil, dass nur noch so wenig geraucht wird. Wenn ich heute eine Zigarette rieche, unversehens, in einem Hauseingang, oder wenn ich an einer kleinen Gruppe von Leuten auf der Straße vorbeigehe, dann genieße ich es. Ob gesund oder nicht, ich bin dann wieder in die Zeit zurückversetzt, fühle mich wieder jung.

6.3 | Ausgeschlossen, dass Ada weiter gearbeitet hätte. Es ging nicht und sie wollte es auch nicht, das traf sich also gut. Nach unserer Heirat erschien sie nur noch einmal pro Jahr im Büro. Das war beim geselligen Abend für die Mitarbeiter, bei dem auch die Partnerinnen erwartet wurden. Nicht nur um für mehr Stimmung zu sorgen, sondern bestimmt auch, damit der Direktor Gelegenheit hatte, die Ehefrauen seiner

Angestellten unbemerkt unter die Lupe zu nehmen und damit etwas mehr über die Männer zu erfahren.

Er war ein merkwürdiger, strenger Herr, der Direktor, der mich eingestellt hatte. Ein Fachmann, einer von denen, die selbst alles besser können, was er auch zu erkennen gab, wenn er unversehens an einer Werkbank erschien oder plötzlich neben einem am Schreibtisch stand, ohne zu fragen einen Stapel Formulare nahm und sie durchzublättern begann, oder mit einer präzisen Bewegung, ebenfalls ohne ein Wort zu sagen, über die Schulter des Betreffenden hinweg ein Gerät verrückte, etwas an einer Installation veränderte. Man erschrak jedes Mal kurz, dachte, man habe etwas falsch gemacht, nicht, weil es so war, sondern einzig und allein aufgrund seiner Anwesenheit. Er trug immer einen Anzug, in der Brusttasche vier Stifte.

Seine Einwendungen, und Einwendungen gab es immer, wurden in bestimmtem Ton vorgebracht, ohne Höflichkeitsfloskeln und häufig mit einem Schuss Sarkasmus. Daran nahm niemand Anstoß, das gehörte dazu. Er nötigte einem Respekt ab. Nein, er verdiente Respekt. Die Distanz, die er wahrte, erhöhte außerdem das Zusammengehörigkeitsgefühl unter den übrigen Mitarbeitern. Seine Strenge stellte einen Freibrief für die blöden Scherze dar, für die Anarchie in allem, wofür es keine Regeln gab. Es hat eine Zeit gegeben, in der manche von uns deshalb in Dijk seinen logischen Nachfolger gesehen haben.

Der gesellige Abend gehörte nicht unbedingt zu dem Freiraum, wie wir ihn auf unseren Dienstreisen genossen. Alles war geregelt. Auf den leergeräumten Schreibtischen waren

Brettspiele aufgebaut und Spielkarten ausgelegt. Es gab sogar ein Jakkolo-Spiel. Schalen mit Keksen standen bereit, es gab Tee und Kaffee und Orangenlimonade. Keinen Alkohol. Zwar einige Weingläser, aber die waren mit Zigaretten gefüllt – einmal im Jahr zeigte die Behörde sich großzügig, dafür wurden jeden Monat einige Groschen vom Gehalt einbehalten. Alle Frauen trugen eine frische Dauerwelle und alle Männer ihre Sonntagskrawatte.

Der Abend begann pünktlich mit einer kurzen Ansprache des Direktors, der alle willkommen hieß und insbesondere die Ehegattinnen. So wie sie daheim ihren eigenen Bereich hätten, in dem die Männer nichts zu sagen hätten – er spreche aus Erfahrung –, so hätten sie normalerweise im Büro nichts zu suchen. Der heutige Abend stelle eine Ausnahme dar. Er rechne damit, dass man sich in gemütlicher Atmosphäre näher kennenlerne. Die Einteilung für das Jassen sei neben der Tür zu finden, ebenso wie die Zusammenstellung der Teams für das Blasfußballturnier. Ohne die Stifte wirkte sein Sakko ganz entspannt.

Nachdem der Direktor seine Begrüßungsworte gesprochen hatte, schien er sich plötzlich zu verändern. Er gab sich voll und ganz den von ihm selbst organisierten Aktivitäten hin, mit einem Fanatismus, der weder durch seinen Status noch durch die Anwesenheit seiner Gattin gebremst wurde, einer bleichen Frau, die, soweit ich mich erinnern kann, nie etwas sagte außer »Angenehm«, wenn sie uns begrüßte, und die als Einzige nicht an den verschiedenen Angeboten des Abends teilnahm.

Das Beisammensein dauerte zweieinhalb Stunden, keine Minute länger. Erst in der zweiten Stunde nahm das gesittete

Gemurmel etwas an Lautstärke zu, und es wurde auch immer häufiger gelacht. Die Zigarettenrauchwolken über den Schreibtischen und den um sie gruppierten Stühlen milderten den grellen Schein der Deckenlampen. Die bleiche Frau des Direktors machte langsam die Runde, räumte hier etwas ab und blieb da lange an einen Türpfosten gelehnt stehen, vorsichtig an der Zigarette ziehend, die sie zwischen Daumen und Zeigefinger hielt, als wäre sie ein Insekt, das jeden Moment davonfliegen konnte.

Als Junggesellen brachten wir in den ersten Jahren niemanden mit, Dijk und ich. Es wurde erwartet, dass sich das in absehbarer Zeit ändern würde. Obgleich unser Direktor die Augenbrauen weit hochzog, als Ada und ich ihm gemeinsam die Nachricht von unserer Verlobung überbrachten.

Er gratulierte uns nicht. Er lehnte sich kurz zurück und sah uns forschend an, wie um den Blick neu einzustellen und so dem Begriff »mit anderen Augen« mehr Inhalt zu verleihen, beugte sich wieder vor, stellte fest, dass wir unsere Bürostunden offenbar gut genutzt hätten, und fragte dann Ada, wann sie zu kündigen gedenke.

Eine Nachfolgerin gab es nicht. Monatelang kochten wir selbst Kaffee und Tee in der kleinen Küche mit dem Gaskocher und der gesprenkelten Terrazzo-Spüle, in die ein Becken mit weißen und schwarzen Fliesen eingelassen war, die meisten davon gesprungen. Als irgendwann die Stapel der schmutzigen Tassen und Untertassen, mit Essensresten und anderen Abfällen verklebt, einen Höhepunkt und damit einen Tiefpunkt erreicht hatten, wurde der Raum für einige Tage geschlossen. Es kam ein Kaffeeautomat mit Plastikbechern, über den es viele Beschwerden gab. Er war oft und für lange Zeit defekt, was bei dieser Menge an feinmechanischem Expertentum auf einem Haufen zumindest als verdächtig gelten durfte.

Im Jahr darauf nahm Ada zum ersten Mal als meine Frau an dem geselligen Beisammensein teil. Ich glaube nicht, dass es ihr sehr gefiel. Sie blieb abends lieber daheim, wo es immer so viel zu tun gab. Dann und wann gingen wir samstagabends ins Kino und danach im Wimpy am Rembrandtplein etwas essen, doch ich konnte mich des Eindrucks nicht erwehren, dass sie das mehr mir zuliebe tat als für sich selbst. Unglaublich, wenn ich heute daran denke, dass sie fünfundzwanzig war, als wir heirateten, ich zwei Jahre jünger, und dass es schon genug Abenteuer und Freiheit bedeutete, nicht mehr bei unseren Eltern zu wohnen.

Ich weiß noch, wie wir an jenem Abend daheim, im Bett, noch darüber geredet haben, nachdem sie in der Gesellschaft erschienen war, die sie jahrelang, beschürzt, mit Kaffee und Tee bedient hatte. Warum gehörten die Männer und die Frauen, die wir gesehen hatten, zueinander oder eben nicht? Glich der Umfang des Dragoners im großblumigen Kleid die Magerkeit des Ehemanns aus oder deutete er eher auf eine Ehe, die bös aus dem Gleichgewicht geraten war? Waren diese zwei stillen Menschen schon so lange zusammen, weil sie einander wie Bruder und Schwester glichen und der eine folglich dem anderen nichts zu erzählen brauchte? Wie stand es um den Altersunterschied zwischen jenem Mann und jener Frau und um die Überschwänglichkeit des einen, die einherging mit der missbilligenden Geniertheit der anderen?

Über uns selbst sprachen wir nicht, warm unter den gebügelten Laken und dicken Decken, zwischen uns war alles selbstverständlich. Exakt um halb zehn hatte sich der Direktor erhoben und, wieder ganz die distanzierte Gestalt, welche die Obrigkeit verkörperte, in die Hände geklatscht, kurz und laut, worauf das Stimmengewirr prompt verstummte. Es war Zeit zu gehen. Brüsk wurden die Tische wieder an ihre Plätze geschoben, Teller und Gläser zur Rückseite des Gebäudes gebracht, hier und da schob sich einer, der sich unbeobachtet wähnte, rasch ein paar übriggebliebene Zigaretten in die Innentasche, manchmal mit einem dreisten Zwinkern in Richtung eines Kollegen oder der eigenen Frau. In wenigen Minuten war alles erledigt, und die meisten waren bereits im Mantel. Zwei und zwei verschwanden die Paare in der kalten Abendluft nach links und rechts die Gracht entlang.

Außer Dijk. Dijk war allein und sollte das auch bleiben. Er ließ uns spüren, dass er auch an diesen Abenden seine Pflicht erfüllte und nichts als seine Pflicht.

Damals bereits herrschte eine spürbare Spannung zwischen ihm und dem Direktor, die, soweit ich weiß, nie ausgesprochen wurde und nie zur Entladung kam. Sie waren einander ebenbürtig, trotz des Rangunterschieds. Dijk sollte es schließlich länger, viel länger aushalten als der Mann, der bei der ersten großen Umstrukturierung seinen Stuhl räumen musste und durch den für uns sichtbaren Schmerz dieser Niederlage seine Autorität und Würde verlor. Von einigen wurde er noch eine Weile vermisst. Aber so etwas hält nie lange an.

Die Spieleabende gab es zur allgemeinen Erleichterung von diesem Zeitpunkt an nicht mehr.

6.4 | Der kleine Raum, in dem ich Dijks Akte studierte, war nicht nur fensterlos, sondern auch geruchlos. Der Raum selbst, wohlgemerkt. Dadurch kamen die Gerüche des alten Papiers und der zerschlissenen Pappe umso besser zur Geltung. Sie atmeten etwas Modriges, etwas Verwittertes und zugleich etwas Untertäniges und Stures.

Ganz in der Ferne hörte ich manchmal ein leichtes Rumpeln, das vermutlich vom Aufzugsmotor stammte. Ansonsten aber war es so still, dass ich das Knistern des Papiers hören konnte, als ich die Briefe aus dem Päckchen auseinanderfaltete, das ich zunächst noch zur Seite gelegt hatte, und danach auch das Stocken meines eigenen Atems.

Die Handschrift, die ans Licht kam, war ordentlich und präzise, genau wie der Text auf den vier dicht beschriebenen Seiten, mit ovalen Schleifen, die nach oben und nach unten exakt die gleiche Länge aufwiesen.

Im ersten Brief wurde erklärt, weshalb der Absender es vorzog, anonym zu bleiben. Nicht so sehr aus Angst, für das Schreiben zur Rede gestellt zu werden, sondern aus einem Streben nach Objektivität. Ihm zufolge war es fast eine Frage der Bescheidenheit. Er – aus irgendeinem Grund nahm ich an, dass es sich um einen Mann handelte – nahm sich zurück, damit die Fakten für sich sprechen konnten.

Aber handelte es sich wirklich um Fakten? Der Brief entspringe der Sorge um das Gemeinwohl, so las ich. Ein Wohl, das gefährdet sei, seit der Verfasser dieser Zeilen vernommen habe, dass besagter Karl Dijk Anwärter auf eine Vertrauensfunktion sei, wofür bekanntlich ein hohes Maß an Sittlichkeit und gesellschaftlichem Verantwortungsbewusstsein erforderlich sei.

Es folgte eine mit großer Umständlichkeit und vielen suggestiven Abschweifungen erzählte Geschichte über die Mutter besagten Dijks, eine Frau, die nicht nur von klein auf einen Hang zu Müßiggang und Genusssucht an den Tag gelegt habe und zudem eine Gier nach Luxus, die nicht zu ihrem niedrigen gesellschaftlichen Rang passte, sondern diese Charaktereigenschaften nach einiger Zeit dazu eingesetzt habe, sich mit Männern von bedenklichem Ruf einzulassen und sich ihnen hinzugeben, Männer, die sie im gleichen Maße ausnutzten wie umgekehrt. Ihr mangelhaftes, um nicht zu sagen völlig fehlendes Gefühl für Moral hätte sie in den Kriegsjahren schon bald in den Dunstkreis des Besatzers getrieben, ein Verhalten, für das sie sich ihrer Umgebung gegenüber nicht im Geringsten zu schämen, sondern mit dem sie sogar zu kokettieren schien, indem sie ostentativ mit teuren Mänteln, Schmuck und Puder, Lippenstift, Wimperntusche und Nagellack prunkte, Dinge, die sich keine anständige Bürgersfrau in jenen Jahren leisten konnte, sofern sie das überhaupt gewollt hätten, die anständigen holländischen Frauen, was natürlich nicht der Fall war.

Bereits bei der ersten Seite des ersten und ausführlichsten Briefs hatte mich ein Gefühl von Widerwillen erfasst, das mit jeder Seite noch zunahm. Nach vier Seiten hatte der Gegenstand dieses Widerwillens eine konkrete Gestalt angenommen.

Die Gestalt eines Krämers.

Ein magerer Mann in blaugrauem Kittel, mit den leicht gebeugten Schultern und dem mageren Vogelkopf fleischgewordener Untertänigkeit. Ein Mann, der sich höflich nach der Gesundheit seiner Kunden und deren Angehörigen erkundigte und währenddessen arglistig den Finger auf die Waagschale mit der Bestellung legte und sie, während er redete, hinunterdrückte. Ein Mann, der sich abends entschlossen unter die Wohnzimmerlampe setzte, den tagsüber hinter seinem Ohr klemmenden Bleistift ergriff, mit spitzer Zunge kurz daran leckte, um danach das ins Unreine zu schreiben, was ein gediegener Brief werden sollte, in dem er haarklein darlegte, zu welchen Erkenntnissen seine Beobachtungen im Viertel und der Tratsch aus dem Kreis seiner Kunden ihn gebracht hatten und zu welchen Empfehlungen ihn diese, mit allen Gefühlen geschuldeter Hochachtung gegenüber dem hochverehrten Adressaten, veranlassten.

Nein, den Namen brauchte ich nicht zu wissen. Natürlich gab es auch goldehrliche und sogar offenherzige Lebensmittelhändler, Männer ohne Hintergedanken, doch dieser passte genau in die Schablone, die der Brief mir vor Augen hielt. Diesem Typ war ich so oft begegnet, als es ihn noch in jeder Geschäftsstraße gab, da erschien der Name tatsächlich überflüssig.

Der Name und die damalige Adresse der betreffenden Frau waren dagegen natürlich genau angegeben, mit dem Zusatz, dass die Nachbarschaft sich immer gefragt habe, wohin sie nach der Befreiung verschwunden sei; eine neue Adresse war nicht bekannt. Genauso wenig wie der Nachname ihres Liebhabers, eines deutschen Offiziers. Lediglich den Vornamen habe man aus ihrem Mund vernommen. Er sei ein großer Mann gewesen, der mutmaßliche Vater meines Kollegen, ein Mann, der sogar für einen Deutschen einen äußerst arroganten Eindruck auf das Viertel gemacht habe. »Sein stechender Blick ließ uns stets das Schlimmste befürchten ...«

Auf einmal konnte ich mir Dijks Kopf in Feldgrau vorstellen, mit dem Stehkragen, der seinen langen Hals nicht ganz bedeckte. Oder sogar in der schwarzen Uniform der größten Schurken, zwei Buchstaben wie Blitze auf besagtem Kragen.

Sofort verwarf ich diesen Gedanken wieder. Ich erschrak über meine eigene Phantasie. Für sein Aussehen war er nicht verantwortlich, und seinen Vater hatte er nicht einmal gekannt.

Falls es tatsächlich sein Vater war, von dem der anonyme Zuträger sprach. Denn so viele Details über die Herkunft meines Kollegen auch aufgetischt wurden, in einem entscheidenden Punkt war die Geschichte alles andere als präzise. Es lag zwar nahe, aber es gab keinen Beweis dafür, dass das nur wenige Tage alte Kind, das an einem Septemberabend des vorletzten Kriegsjahrs einfach in einem Kinderwagen mit Verdeck am Ufer des IJ zurückgelassen worden war, tatsächlich zu der offenbar spurlos verschwundenen jungen Frau und dem arroganten Deutschen gehörte.

Weil dieser Beweis fehlte, war nichts anderes übriggeblieben, als das Findelkind nach dem Fundort zu benennen. So war es üblich.

Mit dem Vornamen hatte sich jemand allerdings doch eine anspielungsreiche Freiheit erlaubt. Vielleicht hatte der Standesbeamte, ohne es jemandem zu sagen, einen Vokal weggelassen, womit der Name zu einem Hinweis wurde, zur Bestätigung einer Vermutung, die, einmal zu Papier gebracht, den Status eines Beweises zu erhalten schien, etwas, was möglicherweise als perverser Akt des Widerstands verstanden werden konnte. Aber es war kein Beweis und es war kein Akt des Widerstands, es waren einfach Buchstaben auf einem Stück Papier.

Einige Behauptungen, die der Briefschreiber vorbrachte, würden sich wohl verifizieren lassen, so zum Beispiel der Aufenthalt im Waisenhaus, das zweifellos, wie unsere Behörde, ein Archiv besaß. Mir wurde beim Lesen der Adresse bewusst, dass ich von klein auf häufig daran vorbeigekommen war. Es lag mitten in der Stadt, nie jedoch hatte ich auch nur einen Augenblick lang an die Kinder gedacht, die da drinnen lebten, in einem Gebäudekomplex, der, zwei voneinander getrennte Innenhöfe umschließend, einen für Jungen und einen für Mädchen, fast vollständig nach innen gewandt war.

Wenn sie dort spielten oder einfach nur so herumstanden, konnten sie den Lärm des Einkaufspublikums in der Kalverstraat oder eine Straßenbahnklingel auf dem Nieuwezijds hören. Geräusche eines Lebens, in dem die Türen nicht von fremden Menschen geschlossen wurden, in dem man wusste, wer im Wohnzimmer saß, wenn man schlafen ging, ein bedingungslos zu einem stehender Mann und eine Frau, die sich dank deiner Existenz Vater und Mutter nennen durften. Vielleicht gaben sie sich ja auch alle Mühe, einander hören zu können, die Stimmen der Jungen rau und herausfordernd, die der Mädchen hoch und heiser, wenn sie einander über die Mauer hinweg etwas zuriefen, vom einen Hof zum anderen und wieder zurück.

Der Brief endete mit einigen Bemerkungen zu Karl Dijks Charakter, die beweisen sollten, dass er sowohl nach seinem Vater schlug, arrogant und distanziert, als auch nach seiner Mutter, sittenlos.

Worin diese Sittenlosigkeit bestand, wurde allerdings nicht offengelegt. Das tat erst der zweite Brief, der anscheinend geschrieben worden war, weil der erste keine Wirkung gezeigt hatte. Dieser zweite Brief deutete an, dass die Gesellschaft von Jungen, ausnahmslos Jungen in den stickigen Schlafsälen des Heims, Karls Wesen nachhaltig geprägt habe. Ein Umstand, der dem Direktor der Behörde Sorgen bereiten müsse. Mit der Versicherung seines Vertrauens in dessen Urteilsfähigkeit beendete der besorgte Bürger die zweite Epistel.

Ich legte das Papier mit einem Gefühl aufkommender Verwirrung beiseite, die schon bald in Abscheu umschlug, als ich mir den dritten und letzten Brief, den kürzesten, vornahm und mit wenigen Blicken überflog. Ein Ton von Gekränktheit, die von regelrechter Verärgerung kaum noch zu unterscheiden war. Andeutungen, keine Fakten. Oder Fakten, die sich auch völlig anders auslegen ließen.

Nach den Begriffen des einundzwanzigsten Jahrhunderts war keine der Beschuldigungen stichhaltig, selbst wenn sie auf Wahrheit beruhen sollten. Spielte es daher eine Rolle, ob der Briefschreiber recht hatte oder nicht?

Das Beunruhigende war, dass ich mir so gut wie sicher war, meine eigenen Vorstellungen, die Ansichten, an denen ich den Text in meinen Händen maß, hatten damals anders ausgesehen als heute.

Ich begann mich jetzt zu fragen, wie unser erster Tag verlaufen wäre, wenn ich die Briefe schon damals gelesen hätte. Hätte es die Vertraulichkeit, den süßen Zigarettenrauch in der Luft zwischen uns beiden dann auch gegeben? Musste ich meine Erinnerungen daher revidieren?

Es gab keinen Beweis für das damalige Lächeln. Nichts war davon übriggeblieben, es war buchstäblich in Rauch aufgegangen. Hatte ich es mir eingebildet?

Dijk konnte weder etwas an seiner Herkunft noch an seiner möglichen Vorliebe für Männer ändern. Dass er über beides geschwiegen hatte, war wahrscheinlich eine vernünftige Entscheidung gewesen und kein fragwürdiger Charakterzug.

Doch wohin führte mich diese Feststellung? Falls es eine klar umrissene Figur in meinem Leben gegeben hatte, dann Karl Dijk. Und jetzt begannen sich seine klaren Konturen im Nachhinein zu verwischen. Oder, genauer gesagt: Der Inhalt des Mannes änderte sich, seine Bedeutung wurde durch das angegriffen, was ich gerade gelesen hatte, in diesem stillen Raum unter der Erde, im Neonlicht und umgeben von den Mappen und Briefen, die ohne mein Wissen eine Rolle in seiner Vergangenheit gespielt hatten und damit auch in meiner. Papier und Pappe, deren Geruch mir jetzt auf einmal verdorben vorkam.

Auch unser ehemaliger Direktor entpuppte sich als ein anderer. Er hatte die Unterstellungen ignoriert. Er hatte nicht nach ihnen gehandelt, sondern beschlossen, dass sie nichts mit dem Eichwesen zu tun hätten, das bekanntlich auf unveränderlichen Werten basiert und nicht auf den Selbstverständlichkeiten der jeweiligen Zeit. Er hatte geschwiegen, die Briefe jedoch sorgfältig archiviert und war damit ein

Risiko eingegangen. Man konnte es Engstirnigkeit nennen oder Mut, je nach der Position, die man in Bezug auf die Zeiten und die Menschen bezog.

Auf der praktischen Seite ergab sich jetzt das Problem, dass ich keine Ahnung mehr hatte, was ich in der Rede für die Direktorin verwenden konnte und was nicht. Verwenden durfte. Verwenden wollte.

Ich schob die Papiere zusammen und legte sie auf einen großen Stapel, stopfte die gehässigen Briefe in ihre Umschläge zurück und legte sie ganz zuunterst, wie um sie unter dem Gewicht all der ordnungsgemäß verlaufenen Dienstjahre zu begraben.

Ich stand auf, löschte das Licht, verschloss die Tür und ging rasch die Betontreppe hinauf, weg aus dem Keller, nach oben, wo der kühle Glanz des rosa Marmors zur Abwechslung die reinste Wohltat war.

Ich hoffte nur, dass ich Dijk nicht begegnen würde. Ich blickte auf meine Uhr. Zehn vor fünf. Zu früh, zum Glück. Jetzt ging er noch nicht nach Hause.

Ich aß ohne Appetit an jenem Abend, ich schlief unruhig, ich sagte nichts von alledem zu Ada.

Als ich am Morgen darauf die Treppe in den Keller wieder hinunterging, den stillen Raum aufschloss, mich hingesetzt hatte und den Stapel Dokumente zu mir heranzog, waren die drei Briefe verschwunden.

6.5 | Das Jahrzehnt der Veränderungen ging dem Ende zu. Innerhalb von zehn Jahren war ich zu einem Mann mit einer Frau, einem Haus, einem Auto und zwei Kindern geworden. Die Behörde erhielt zusätzliche neue Aufgaben. Nicht nur die Kontrolle von Masse und Länge, sondern jetzt auch der Temperatur, der Dichte von Stoffen, der Lichtstärke und der Zeit. Alle Normen, die wir dabei anlegten, ließen sich als Konstanten in der Natur wiederfinden, sie hingen mit den Schwingungen von Atomen und Molekülen zusammen. Nur beim Kilo gelang es einfach nicht, einen Vergleich zu finden, der unsichtbar und trotzdem unveränderlich ist.

Der Meter wurde Anfang der achtziger Jahre an die Lichtgeschwindigkeit gekoppelt. Das war richtig, auch für Laien. Wie schnell man irgendeinen Punkt erreicht, bestimmt gefühlsmäßig, wie weit entfernt er liegt. Der Abstand zwischen Dijk und mir war dem Anschein nach nicht größer geworden, und dennoch liefen sein und mein Leben immer weiter auseinander.

Das lag nicht am Auto und nicht einmal an Ada. Wir hatten Kinder, das war meiner Meinung nach der Unterschied. Mit Kindern lebt man in einer Zeit, die voller ist, weniger übersichtlich, jeder Tag ein Becher, der in den nächsten überfließt, sodass man den Rand nicht sieht. Bis man nach zwanzig Jahren eines späten Abends, arglos, in diesem Haus, übervoll von Sachen und Spuren, die Fotoalben aufschlägt, die Ada angelegt hat, und sieht, wie schnell die Kinder gewachsen sind, sprachlos ist angesichts ihrer wechselnden Erscheinungsformen und auch angesichts der eigenen Person, wie anders man jedes Mal aussieht, gezeichnet, angegriffen, dick, in Kleidungsstücken, die einem heute auf einmal lächerlich vorkommen, mit einem Haarschnitt, der unbegreiflich geworden ist. Allein schon die breite geblümte Krawatte, die man zur eigenen Petersilienhochzeit getragen hat!

Es ist Nacht, als ich aufstehe und in die Küche gehe, um noch etwas zu essen. Ich schaue auf die Küchenuhr, die groß ist und billig. So billig, dass ich alle drei Monate nach einer Trittleiter greifen und sie vom Nagel in der Wand heben muss, um den großen Zeiger zu korrigieren, der ein paar Minuten nachgeht. Ich gestehe: Ich habe die Uhr irgendwann selbst vorgestellt, damit die beiden Kinder sich morgens mehr beeilten, früher aufbrachen in diesem launischen Wirbel aus Kleidungsstücken, Heften, Taschen, Jacken, unverständlichen Scherzen und Butterbrotpäckchen, die dann letztlich doch zwischen den Frühstücksresten liegenblieben. Das war nicht nett von mir, aber es funktionierte. Bis sie dahinterkamen und die zusätzliche Zeitspanne einkalkulierten. Daraufhin schob ich den großen Zeiger wieder zurück, aber es nutzte nichts. Es schien, als seien sie in jener anderen Zeit hängengeblieben, fortan blickten sie nur noch mit Ironie auf die Uhr und auf mich, obwohl diese kleine Verschiebung doch wirklich nicht dazu gedacht gewesen war, sie von mir zu entfernen. Hatte ich sie da schon verloren? Hatte ich selbst sie in eine andere Zone geschoben und kamen sie zur Strafe von dort nicht mehr zurück? Eines Tages hatten sie die Schule beendet. Plötzlich fertig.

Die Wachsdecke in der Küche ist glatt und sauber. Ich trinke Milch. Ich esse ein Brot mit frischem jungem Käse. Sie wohnen nicht mehr hier, Sohn und Tochter, kommen zwar noch manchmal vorbei, allerdings immer seltener, und gute Ratschläge hören sie sich nur noch aus Höflichkeit an.

War ich aus Bequemlichkeit davon ausgegangen, dass Dijks Leben immer leer geblieben sei? Ich meine: dass es nur mit Arbeit gefüllt war, während Arbeit für mich nur eines von vielen Dingen gewesen ist? So brauchte ich nicht zu viel über ihn nachzudenken. Ich hatte ihm einen Platz in einem imaginären Schrank gegeben, der bis auf seine charakteristische Erscheinung leer war und den ich nach meinem Abschied von der BV METRIFACT definitiv hinter mir geschlossen hatte. Doch auf einmal schien es mir keineswegs mehr so wahrscheinlich, dass er sich auch zu Hause nur mit dem Messen von Länge, Masse, Volumen, Temperatur und Widerstand beschäftigte. In einer ansonsten leeren, von der Außenwelt abgeschlossenen Wohnung. War ich mir sicher, dass er es gewesen war, der unseren Kontakt rein sachlich hielt? Ich konnte es mir noch immer nicht vorstellen, aber es war gar nicht anders möglich, als dass Dijk auch noch andere Kontakte in der Behörde und im Unternehmen gehabt hatte.

Sogar das Kilo war, wie sich herausstellte, in seinem sicheren, abgeschirmten Dasein fremden Einflüssen gegenüber nicht völlig unempfänglich. Im Lauf der achtziger Jahre erschienen die ersten Berichte, wonach es 0,002 Mikrogramm leichter geworden war als die sechs Kopien, die seinen Hofstaat bildeten.

»Das Gewicht eines Staubkorns«, schrieb die Morgenzeitung. »Eines Fingerabdrucks«, meinte die Abendzeitung.

Staubkorn. Abdruck. Unwissenschaftliche Einheiten.

Doch auch die Wissenschaft hatte keine eindeutige Erklärung. Es könne an der Anziehungskraft der Erde liegen, die sich in der Nähe von Paris möglicherweise ein klein wenig anders verhalte. An der Reinigung, so sorgfältig sie auch durchgeführt werde. Am Entweichen winziger Mengen von Gas aus der Materie. An den Familienbesuchen der anderen Kilos aus allen Himmelsrichtungen, so selten und indirekt sie auch erfolgten. Oder die sechs anderen Kilos waren allesamt schwerer geworden, auch das sei natürlich möglich.

Die Abweichung hatte für uns keine praktischen Konsequenzen. Wenn alle Uhren in der Stadt, im Land und im Rest der Welt das Uhrwerk der Sint-Vitus künftig als Maßstab nähmen, würden auch keine Probleme entstehen. Aber die Suche nach einer unsichtbaren, unantastbaren Größe, die überall in der Natur zu finden war und der Herrschaft jenes einsamen, harten Stücks Platin und Iridium im dunklen Panzerschrank ein Ende machen würde, bekam doch einen Impuls.

6.6 | Kurz bevor wir das Bürohaus an der Gracht (»viel Atmosphäre, aber unpraktisch«) verlassen sollten, hatte der Direktor für einen Artikel in der Zeitung gesorgt, der den ganzen Umzug überschatten sollte. Die große Bedeutung unserer Arbeit darzulegen, das konnte man ihm getrost überlassen. Die Reporter zu einer Nacheichung einzuladen erwies sich jedoch als fatale Idee.

Ich war nicht dabei gewesen. Aber mir wurde die Geschichte so oft und mit so vielen peinlichen Details erzählt, dass mir ist, als hätte ich sie miterlebt. Sie spielte sich in Alkmaar ab, das trug dazu bei. Und in einem Schulgebäude. In meiner Vorstellung war es dieselbe Schule wie die von unserem – Dijks und meinem – ersten Besuch, wenngleich die Backsteine älter geworden sind, nicht mehr rot, sondern rosa-rötlich, und auch weniger warm.

Die Anzeigen mit der Aufforderung zur Nacheichung waren in der Lokalzeitung und in den Anzeigenblättchen erschienen, die Aufforderungen an frühere Kunden mit der Post verschickt worden, das zeitweilige Eichlokal eingerichtet, die Instrumente bereitgelegt.

Ich sah vor mir, wie der Direktor einen akkurat gebügelten Kittel auseinandergefaltet und über den Anzug gezogen hatte, während er unaufhörlich vor den beiden Reportern dozierte, die wegen der frühen Stunde, zu der sie das Haus hatten verlassen müssen, einen verschlafenen Eindruck machten. Er redete weiter, als es neun Uhr schlug, und rieb sich die Hände bei der Aussicht, was gleich an interessanten Dingen passieren würde.

Er redete immer noch, als es Viertel nach neun wurde. Halb zehn. Zehn.

Schließlich füllte er auch die Stille, als der Moment für die Mittagspause anbrach und niemand erschienen war.

Das ist die Angst jedes Kindes: Kein einziger Gast erscheint auf meinem Geburtstagsfest, die Torte wird nicht angeschnitten, die Limonade wird warm und alle lachen mich aus. Aber das passiert nicht, hatte ich meinen eigenen Kindern mehr als einmal erklärt, das passiert in Wirklichkeit nicht.

Der Direktor war in allem das Gegenteil eines Kindes, doch er verstand mehr von Länge und Masse als von jenen merkwürdigen, unmessbaren Eigenschaften der Zeit, deren

Zeichen man nicht unbedingt gutheißen muss, um sie trotzdem zu verstehen. Es tat nichts zur Sache, dass die obligatorische Überprüfung noch im Gesetz stand. Das Gesetz würde sich ändern, und folglich hatte seine Einhaltung schon keinen Sinn mehr; das hatten die Geschäftsinhaber und Kleinfabrikanten sehr gut verstanden, in jener Provinzstadt, in der die Käsewaage nur noch für Touristen zur Schau gestellt wurde.

Die Reporter verstanden es auch. Die waren jetzt richtig wach.

Aufsicht bringt kein Geld ein. Aufsicht hemmt das Wachstum der Unternehmen. Als Erstes wurde uns die Prüfung der Gasuhren weggenommen. Keine Lastwagen mehr, die rumpelnd und voll beladen mit Apparaten morgens auf den riesigen Parkplatz fuhren.

Der Direktor reagierte mit einer unerwarteten Überprüfung der Waagen auf dem nationalen Flughafen, die, wie sich zeigte, fast alle eine Abweichung aufwiesen. Das trug ihm nicht das erwartete Lob ein, sondern den Vorwurf der Weltfremdheit, nun auch seitens der Politik. Noch vor dem nächsten Umzug war er weg, das Eichwesen zentralisiert, mit einem neuen Namen versehen. Und in dem Jahr, in dem die Mauer fiel, privatisiert.

Dijk wurde zum Leiter der Abteilung Aufsicht ernannt, eine Ernennung, die er ohne ein Wort des Dankes akzeptierte. Mit dem alten Direktor war sein letzter Geistesverwandter verschwunden. Die Spannung zwischen ihnen war ein Band gewesen.

Gewissenhaft erfüllte Dijk seine Aufgabe. Viele Vorschriften blieben, aber sie taten weniger zur Sache. Sie mussten jetzt kundenfreundlich ausgelegt werden.

In jener Zeit wurde mir bewusst, dass man sich auch verändern kann, indem man der Gleiche bleibt. Gewissenhaftigkeit war unser Streben und unser höchstes Verdienst gewesen, und auf diesem Gebiet kam niemand an Karl Dijk heran. Aber er konnte nichts ausrichten, wenn Geschäftsinhaber nicht mehr mit ihren Waagen zur Prüfung erschienen. Aufsicht bringt kein Geld ein. Stattdessen sollten wir Vertrauen fördern.

Der Staatssekretär, der die Privatisierung nach jahrelangem Hin und Her über die parlamentarischen Hürden gebracht hatte, musste nicht lange danach zurücktreten und wurde wegen Steuerbetrugs verurteilt. Dijk verzog keine Miene, als er diese Neuigkeit vernahm.

6.7 | Die Kinderzimmer sind nicht mehr in Gebrauch, aber sie sind nicht leer. Sie machen kein Geräusch, aber es ist, als könnte ich sie hören, wenn ich die Augen schließe und angestrengt an meinen Sohn und meine Tochter denke. Sie haben so viele Spuren hinterlassen. Nicht nur die Messstriche auf der Tapete zeugen von ihrer Anwesenheit, eine Leiter mit Sprossen aus ungleichen Strichen, manche mit dickem Bleistift, andere mit Kugel- oder Filzschreiber angebracht und stets mit einem Datum und einer Jahreszahl in Adas resoluter Schrift versehen.

In den Schränken liegen noch immer eingeschlagene Schulhefte in Stapeln, und hier und da gibt es noch Spielzeug, dem die Kinder längst entwachsen sind. Auf dem Bett liegt eine Tagesdecke mit Comicfiguren und dem Abzeichen eines Fußballvereins. Sogar die Flecken an der Wand und auf dem Boden erzählen dem, der sie lesen kann, eine Geschichte.

Ich höre ihre Stimmen, eine Jungenstimme und die Stimme eines Mädchens, in der Stille, die von unsichtbaren und unhörbaren Licht- und Tonschwingungen erfüllt ist. Nachts noch mehr als am Tag. Die Kinderbücher haben recht: Nachts, wenn die Menschen schlafen, ist mehr Platz für die Dinge.

In den ersten Jahren nach ihrer Geburt hatte ich manchmal das Gefühl, an zwei Stellen gleichzeitig zu sein, so oft und so intensiv musste ich an sie denken. Doch dieses Gefühl ließ nach, je größer und älter sie wurden. Sie schienen weiter weg, zugleich aber auch näher, weil der Abstand es mir ermöglichte, Unterschiede festzustellen, zu vergleichen. Ich sah Ada in ihnen. Ich sah mich selbst. Und ich sah so vieles, das sich auf keinen von uns zurückführen ließ, dass dieser Unterschied der Beweis für ihre Eigenständigkeit, ihr eigenes Dasein sein musste. Und dieses Dasein bewegte sich. Die Bewegung war der eigentliche Beweis. Oder ein zusätzlicher Beweis. Es war keineswegs notwendig, dass eines der beiden Gewichte auf der Waagschale unveränderlich blieb. Es war sogar von höchster Bedeutung, dass es nicht so war, dass alles sich ständig veränderte. Die Direktorin hatte recht. Gleichgewicht war nicht wünschenswert. Gleichgewicht war steril. Gleichgewicht bedeutete Tod. Dijk wusste das nicht, denn Dijk war kinderlos.

Ich bin bestimmt nicht der Einzige, der die Einführung der elektronischen Schnellwaage insgeheim bedauerte. Eine Waage mit losen Gewichten hatte etwas Spielerisches. Das Drauflegen, das Hinzufügen, das Wegnehmen (außer wenn es etwas mehr sein durfte), das Endergebnis und das Einschlagen oder Ergreifen der gekauften Ware. Als ob man eine Partie Dame gewann. Oder besser noch: Butter-Käse-Eier. Immer wieder die gleichen Bewegungen, aber doch eine kleine Befriedigung beim Endergebnis.

Die Schnellwaage hatte nur eine Wiegefläche und benötigte keine losen Gewichte. Die Mechanik ist im Fuß des Geräts verborgen. Manche älteren Modelle bereiteten einem noch die Freude, das Gewicht nicht auf einen Schlag anzuzeigen, sondern erst kurz zu zögern, mit Gefühl für Spannung zu zittern, bis der Zeiger stillstand. Als würde das Spiel noch gespielt, jetzt aber im Verborgenen, hinter der Anzeige mit der Skaleneinteilung, anstatt ehrlich und offen daneben.

Doch die Schnellwaage war nicht das Problem.

Das Problem waren die abgepackten Lebensmittel.

Das Problem war die Privatisierung der Ehrlichkeit.

So denke ich, während ich hier unter der warmen Decke liege, die Ada mir übergeworfen hat. Als sie vorhin den Teller holte, fühlte sie meine Stirn, und danach führte sie mich resolut nach oben, raus aus dem Studierzimmer und rein ins Bett. Neben mir auf dem Nachttisch steht eine Tasse warmer Tee neben einer Schachtel mit namenlosem Aspirin.

So liege ich hier und denke an die Zimmer im Haus. Meine Gedanken springen im Raum und in der Zeit umher. Von einem Zimmer zum anderen. Zimmer aus der Vergangenheit, Zimmer, wie sie jetzt sind. In Bewegung, den Platz tauschend, im Ganzen aufgehend oder völlig für sich, um mich kreisend, denn ich bin der Mittelpunkt, der Zeiger, der noch nicht zum Stillstand gekommen ist.

Ob Ada mir auch ein Thermometer hingelegt hat?

6.8 | Ich kam nicht umhin, im Herbst 1963 erneut nach Sint Maartenszee zu fahren. Oder war es 1964? Jedenfalls war ich frisch verheiratet und nicht mehr so erpicht darauf, jeden Vorwand für eine Dienstreise zu ergreifen. Vor zwei Adressen in der Nähe von Alkmaar scheute ich mich besonders. Trotzdem konnte ich sie schwerlich übergehen, wenn ich mich weiterhin als halbwegs verantwortungsbewussten Beamten der Behörde betrachten wollte. Und das wollte ich natürlich, das möchte ich klarstellen. Mochte ich mich auch in vielerlei Hinsicht von Karl Dijk unterscheiden, über den Kern unseres Berufs waren wir derselben Ansicht: Mit Maßen und Gewichten wird nicht geschummelt.

Die Unterschiede zwischen uns zeigten sich damals erst am Rande, sie bezogen sich darauf, wie man einen Raum betrat, wie man mit Kollegen umging, auf den Charakter, darauf, dass Dijk über eine seiner Ansicht nach falsche Anrede in Rage geraten konnte. Alles Dinge, die ich als Kleinkram betrachtete, Staub, Fett, Fingerabdrücke, die Ablagerung auf einem zu häufig benutzten Kilogewicht – das betraf nicht den Kern. So dachte ich damals, als ich noch meinte, ein Gewicht und was an ihm klebt lasse sich mühelos voneinander trennen. In dieser Zeit trug ich genau so eine schmale einfarbige Krawatte wie mein Kollege Dijk.

Mit ungeheurem Widerstreben bog ich zum zweiten Mal von der Polderstraße in Richtung Kartoffelscheune ab. Was für ein Wetter herrschte, weiß ich nicht mehr. Aber mir muss sofort aufgefallen sein, dass sich etwas verändert hatte. An der Straße stand ein neues, größeres Schild in sorgfältiger Schönschrift, das Kunden auf die Verkaufsstelle aufmerksam machte. Ich sah es erst, als ich erleichtert wieder von dannen zog – denn der Besuch war tadellos verlaufen. Zu vorbildlich fast, sieht man einmal davon ab, dass es »zu vorbildlich« in unserem Beruf nicht gab.

Es gab eine Glocke, einladend glänzend, die neben der Scheunentür angebracht war. Als ich läutete, erschien eine Bäuerin mit glänzenden roten Wangen, wie frisch poliert, als sollten sie aussehen wie Goldrenetten. Sie rief dem Hund »kusch« und »ruhig« zu.

Als ich ihr den Zweck meines Kommens darlegte, erschien ein Lächeln um ihre Mundwinkel, ein überhebliches Lächeln, das während des gesamten Besuchs nicht verschwand, aber trotzdem freundlicher war als das ihres … war es ihr Vater?

Sie wusste etwas, und sie wusste, dass ich es wusste.

Die Tür ging auf, das Licht wurde angeknipst. Neben dem riesigen Kartoffelberg stand auf einer Werkbank eine funkelnagelneue Waage. Keine mechanische, sondern eine elektronische, und daneben lagen ein Stapel Papiertüten und ein Lappen zum Sauberwischen der Waagschale.

Ich packte meinen Satz Gewichte aus und nahm routiniert die Kalibrierung vor, deren Resultat ich im Grunde bereits kannte. Dieser Typ Waage, und dann so neu: Eine Abweichung war äußerst unwahrscheinlich.

Ich klebte ein grünes Etikett auf die Waage und verabschiedete mich.

»Bis in zwei Jahren«, sagte die Frau. Auch das wusste sie also.

Ich war erleichtert. Doch der Sieg der Behörde auf diesem Hof fühlte sich irgendwie auch wie eine Niederlage an.

Strammen Schrittes ging ich auf dem Deich weiter, von der Straße hinunter, durchs Dorf, am ViVo vorbei, wo die Plastikfähnchen noch immer fröhlich flatterten. Kurz darauf stand ich vor dem Laden der beiden alten Leute.

Das Haus schien kleiner geworden zu sein. Noch kleiner. Die abgesackte Fassade mit der Tür in der Mitte und den beiden Fenstern links und rechts sah aus wie ein verwittertes menschliches Gesicht, das hohe Dach mit dem herabhängenden Rand wie eine über die Augen gezogene Mütze.

Der obere Teil der Tür war angelehnt. Ich drückte ihn weiter auf und rief, es sei Kundschaft da.

Ich wollte, dass meine Stimme laut klang, aber das gelang mir nicht recht. Der Klang verhallte im Dämmerlicht und im schweren Vorhang, der, wie ich wusste, hinten im Lädchen hing.

Dennoch hatte man mich gehört. Geschlurfe kündigte die Frau an. Dann tauchte sie auf. Mit ihrer gekrümmten Gestalt ragte sie kaum über die untere Türhälfte hinaus.

Sie kniff die Augen zusammen. Sie erschrak. Sie wusste noch, wer ich war.

Der Mann von der Eichbehörde.

Wortlos drehte sie sich um. Ich hörte, wie sie den Mann

rief. Kurz darauf entriegelten sie gemeinsam, unter Mühen, die ganze Tür.

Etwas war faul. Ich merkte es, spürte es sofort. Die Waage stand noch immer in der Mitte des Ladentischs. Auf den Borden lagen noch immer die Käselaibe, als wäre nicht ein einziger verkauft worden, manche waren noch ganz und folglich vielleicht sehr alt, aber nicht im Sinne des Lebensmittelgesetzes, andere angeschnitten und in eines der feuchten grauen Tücher gewickelt.

Mir fiel plötzlich ein, dass sie den Käse möglicherweise selbst herstellten, hinter dem Haus, am Wassergraben, unter Umständen, die man sich vielleicht besser nicht vorstellte, die glücklicherweise aber ins Ressort einer anderen Reichsbehörde fielen.

Etwas war faul. Der Mann schlurfte vor mir her und deckte mit seiner kümmerlichen Gestalt – er hatte einen blauen Arbeitsanzug an und darunter einen hochgeschlossenen Pullover – das Gerät ab, während ich meine Tasche auf den Steinfußboden stellte und die Gewichte auspackte.

Ich stellte zwei seiner alten, dunklen Gewichte auf die eine Waagschale und auf die andere, die für die Waren, meine vor Korrektheit nur so glänzenden eigenen Exemplare. Eine kleine Abweichung hatte ich erwartet. Ein halbes Prozent war erlaubt. Doch was die Waage jetzt zeigte, waren beinahe fünfzehn Prozent. Ein unwahrscheinlich hoher Wert, sogar bei mangelhafter Wartung.

Das Merkwürdige war außerdem, dass der Prozentsatz nicht gleich blieb, sondern kleiner wurde, je mehr Gewicht ich auflegte. Das ließ nicht auf eine Abweichung im Mechanismus, sondern auf etwas anderes schließen.

Ich nahm meine Kontrollgewichte mit einem Ruck von der Wiegefläche und sah nicht die Bewegung, mit der die leere Schale jetzt hochschnellen musste. Nicht viel mehr als ein Zittern war zu erkennen, während die Fläche hochstieg.

Ich klopfte auf die Schalen. Bückte mich, um mir die Waage von unten anzusehen. Als ich sie verrücken wollte, schoss plötzlich die magere Hand des Mannes aus dem Ärmel in dem Versuch, mir das zu verwehren.

Ich sah ihn an. Er zog die Hand zurück und senkte den Blick.

Während ich den alten schweren Apparat hochhob, hörte ich einen dünnen Schrei hinter mir, wie von einem kleinen Tier, das geschlagen wird oder auf das man versehentlich getreten ist, und danach den Vorhang und Schritte, die dahinter verschwanden.

Der Mann war einen Schritt zurückgetreten und schaute aus dem Fenster.

An dem Bügel, der die Plattform für den Käse und die paar kümmerlichen Krämerwaren tragen musste, war eine Angelschnur befestigt, ein durchsichtiger Faden, der durch ein Loch im Ladentisch lief und, nachdem ich mich tief gebückt hatte, zeigte, was ich bereits vermutete: Ein Metallstück schaukelte im Dunkel unter der Theke und betrog jeden Kunden auf dieselbe Weise, mit demselben zusätzlichen Gewicht.

Ich richtete mich auf und wandte mich dem Mann zu. Ich sagte nichts. Schließlich hob er den Kopf und sah mich an aus diesem verschrumpelten kleinen Gesicht, Augen tief in den Höhlen, Lider halb geschlossen. Er zuckte mit den Achseln.

Schimmerte eine Träne in den tiefen Falten rund um die bangen Mäuseaugen?

Schweigend füllte ich ein Formular mit der Geldbuße aus und klebte ein rotes Etikett auf die Waage.

Ich sah ihn noch einmal an, schüttelte den Kopf und verließ, immer noch ohne ein Wort, den Laden.

Selbst nach fünfzehn Gehminuten an der frischen Luft kam es mir vor, als wäre ich noch nicht ganz draußen. Alles klebte an mir, ich wurde es nicht los, der saure Käsegeruch, die Kälte, die niemals aus den gerissenen Steinplatten verschwinden würde, die Wollpullover des Mannes und der Frau, die Verzweiflung ihrer Armut, diese Träne, die da gewesen sein mochte oder nicht, der kleine Jammerlaut wie der eines Tiers.

Ich war korrekt gewesen und ehrlich, ja sogar freundlich, gegen keine Regel oder Vorschrift hatte ich verstoßen, und trotzdem fühlte es sich an, als ob ich es nicht schlechter hätte machen können.

7 | Mitten in der Nacht ist Ada von meiner Herumwälzerei wach geworden. Ada, die, solange ich sie kenne, warm und lange und ruhig schläft, eine feste Größe neben mir in unserem Bett. Ada richtet sich auf und legt mir eine Hand auf die Stirn.

Gereizt wehre ich sie ab. Erst als ich verspreche, am Morgen meine Temperatur zu messen, legt sie sich wieder hin und schläft sofort ein.

Doch zusätzlich zu den Erinnerungen an Dijk und an mein eigenes Leben, Erinnerungen, die sich ständig verschieben, denke ich jetzt auch noch an das Fiebermessen, wie das zu erfolgen hat, was der Bezugspunkt bei den einzelnen Methoden ist.

Kelvin, Rankine, Celsius, Fahrenheit, Réaumur. Alle diese Namen, alle diese Männer. Lästig, sie auseinanderzuhalten. Fehlt nur noch, dass sie sich rings um mein Bett stellen. Männer mit Perücken, Männer mit Bärten. Und dazu dann sicher auch noch Dijk mit seinen glatt rasierten Wangen.

Null Grad ist die konstante Temperatur von schmelzendem Eis, so Celsius. Lord Kelvin war der Ansicht, die Null müsse der tiefstmöglichen Temperatur vorbehalten sein, eine negative Temperatur hielt er für ein Unding. Aber minus 273 Grad Celsius ist genauso unvorstellbar, wie ein fester Anker, ein Grund in meinem Gedächtnis in den letzten Tagen unerreichbar scheint.

Méchain und Delambre bezogen sich auf die unbelebte Natur, genauso wie van Swinden und Dijk. Fahrenheit dagegen dachte, die Körpertemperatur eines Pferdes sei genauso konstant und damit geeignet, als Standardwert zu dienen.

Gabriel Fahrenheit war Amsterdamer. Nein, ein Waise aus Deutschland. Wie Dijk war er beides. Irgendwie.

Ada macht sich nicht grundlos Sorgen. Mir ist warm und zugleich auch kalt. Fahrenheit ist in Den Haag beerdigt. Es ist jetzt eine Woche her, dass Dijk plötzlich in unserem Wohnzimmer stand.

Noch bevor es hell wird, bin ich aus dem Bett. Der Schlafanzug klebt mir unangenehm am Leib.

Tee gekocht. Am Fenster gestanden und hinausgeschaut.

Gehört, wie die ersten Vögel zögernd zu singen begannen.

Und dann, dass Ada die Treppe herunterkam, viel früher als gewöhnlich.

Jetzt steht sie hinter mir und tippt mir auf die Schulter. Sie hat einen Morgenmantel dabei und ein Thermometer.

»Du schläfst schon seit Tagen kaum mehr, und jetzt hast du auch noch Fieber. Da bin ich mir sicher.«

Dieser besorgte Blick. Die lieben Augen, noch dick und rot vom unterbrochenen Schlaf. Sie reicht mir das Thermometer, und kurz darauf stellen wir beide eine leicht erhöhte Temperatur fest.

Wie viel?

Achtunddreißig Komma vier. »Das ist fast ein Grad mehr als normal«, sagt Ada.

»Es gibt kein normal«, sage ich. »Die Körpertemperatur schwankt im Laufe des Tages.«

»Gleich erzählst du mir noch, dass es gar kein Fieber gibt.«

»Fieber scheint mir tatsächlich kein wissenschaftlicher Begriff zu sein. Wenn es keinen Standardwert gibt, lässt sich auch keine Schlussfolgerung ziehen.«

»Aber du hast welches«, sagt Ada.

Sie gewinnt. Ich werde wieder ins Bett gesteckt und lasse mir das heute dann eben gefallen. Zwei Kissen im Rücken. Tee mit Zitrone und eine fremde Hand (nein, keine fremde Hand, Adas Hand), die mir die Haare kämmt, damit ich nicht so verwirrt aussehe, wie ich es innerlich bin.

Sie setzt sich auf die Schreibtischkante, nein, die Bettkante.

»Ich glaube, du hast was. Und ich glaube, du solltest es mir, deiner Frau, erzählen.«

Soll ich es ihr sagen?

»Dijk«, sage ich. »Ich denke schon seit Tagen an Karl Dijk.«

»Schon seit Tagen und vor allem auch in den Nächten«, stellt sie fest.

Ergeben zucke ich mit den Achseln.

»Warum? Warum um Himmels willen? An diesen Hampelmann? Kareltje Dijk. Mit seinen schmalen Krawatten.«

»Karl. Er hieß Karl, und er war kein Hampelmann. Er sah die Dinge anders und oft genauer. Als es um die Thermometer ging, hatte er recht.«

»Ich weiß nicht, wovon du sprichst. Aber wenn mein Mann seinetwegen Fieber bekommt, dann hat er auf jeden Fall unrecht. Dann kriegt er es mit mir zu tun.«

»Kein Fieber. Erhöhte Temperatur«, mucke ich auf, während sie aus dem Zimmer geht. Ist die erhöhte Temperatur eine Folge oder die Ursache meiner Grübelei über Dijk?

7.1 | Die meisten Gespräche mit Karl Dijk fallen mir ein ohne Einleitung oder Nachspiel. Als Bruchstücke, Fragmente, als einzelner verständlicher Satz in einem Meer von Rauschen wie bei einem fernen Radiosender. Aber es lässt sich doch immer präzise lokalisieren. Ich erinnere mich nicht nur, was er gesagt hat, oder an einen Teil davon, sondern auch, wo wir uns befanden, wie das Licht in den Raum fiel, manchmal sogar an einen Geruch. Zu seiner Prognose bezüglich der Thermometer gehört nur eine Stimme, seine verärgerte Stimme, eine Verärgerung, die wahrscheinlich auch von Verzweiflung herrührte. Denn nach Dijks Auffassung bedeutete die Entscheidung, Fieberthermometer für den Hausgebrauch nicht mehr zu eichen, den Anfang vom Ende.

Er hatte etwas Ähnliches bereits häufiger vorhergesagt oder zumindest Kritik in einem Ton geübt, der implizierte, dass etwas Unwiderrufliches bevorstand. Dieses Mal blieb er länger bei seiner Behauptung, auch als er merkte, dass ich nicht richtig verstand, worauf er hinauswollte.

Dieses Verständnis kam erst später. Noch jahrelang sagte Dijk, wenn eine neue Untersuchung oder eine neue Umstrukturierung angekündigt wurde, mit den Thermometern habe es angefangen. Er meinte, der Anfang vom Ende.

Es war eine schlaue Erfindung des aus Deutschland stammenden Amsterdamers Fahrenheit, dieses ganz dünne Stückchen Kapillare am Anfang des Steigrohrs, in dem die Quecksilbersäule beim Abkühlen abreißt, sodass die erreichte Maximaltemperatur weiter angezeigt wird und abgelesen werden kann – bis das Thermometer heruntergeschlagen wird.

Es gab niemanden, der Dijk herunterschlagen konnte, niemanden, der es noch versuchte, und währenddessen änderte sich für die Behörde die Temperatur.

Die Entscheidung war in erster Linie eine Sparmaßnahme. Thermometer konnten billiger hergestellt werden ohne die obligatorische Prüfung. Doch es passte in die Vorstellung, wonach die Hersteller selbst die Verantwortung für die Genauigkeit zu tragen haben, genauso wie ihre Kunden für ihre Gesundheit selbst verantwortlich sind. Was ein freier Markt bedeutet, sollte die Behörde noch merken. Zweimal mussten wir umziehen. Das erste Mal, weil Eichbüros geschlossen wurden. Die verbliebenen wurden größer, das Eichwesen wurde zentralisiert.

Zu diesem ersten Umzug gehört das Bild von Karl Dijk, der seine Schreibtischschubladen in einen Karton leert, den er neben sich auf den Boden gestellt hat. Der Auszug aus dem Gebäude an der Brouwersgracht sei eine gute Gelegenheit, überzählige Apparaturen und irrelevante Dokumente auszusortieren, so hatte man uns ans Herz gelegt.

Es war das erste Mal, dass ich Dijk eine offizielle Anweisung rundweg ignorieren sah. Er zog eine Schublade aus dem Schreibtisch und kippte den gesamten Inhalt einfach in den Karton, wobei er ein grimmiges Vergnügen an dem Rumpeln und Rascheln zu empfinden schien, das dabei entstand. Das letzte Ticken einer fallenden Büroklammer war noch nicht verklungen, da riss er schon die nächste Schublade aus dem abgenutzten Möbelstück, das wir nicht wiedersehen sollten.

Unser Gebäude machte schon bald den ärmlichen Eindruck, den jedes Wohnhaus oder Büro macht, wenn es seiner Funktion enthoben wird. So gut es auch gepflegt wird, die Trostlosigkeit ist unvermeidlich. Nicht das geputzte Messing, der glänzende Lack und das Reichswappen an der Fassade, sondern vor allem unsere Arbeit hatte dem Gebäude seine vornehme Position in der Häuserreihe verliehen, einer Reihe, die im Laufe der achtziger Jahre weniger schäbig geworden war. Jetzt glich das Büro innen, während die Umzugskartons sich im Gang stapelten und altes Mobiliar weiß der Kuckuck wohin verschwand, mit jeder Stunde mehr einem Beamten ohne Uniform, zum Beispiel dem Revierpolizisten, dem man eines Sommerabends an einer Eisbude begegnet, nicht nur ohne Uniformmütze und -knöpfe, sondern, seiner Funktion entkleidet, in einem völlig anderen Körper, jeglicher Autorität beraubt.

Der Anblick dieser Demontage bewirkte, dass ich nicht besonders traurig über unseren Auszug war. Unsere neue Behausung, einige Kilometer außerhalb der Stadt, hatte einen Parkplatz, perfekte Betonflure, eine Garage und Büroräumlichkeiten, die auf eine kräftige Erweiterung hindeuteten. Die Schubladen in den neuen Schreibtischen waren kleiner, davon abgesehen schien aber tatsächlich alles mehr und größer zu werden. Der Truck, der Gewichte bis zu fünfhundert Kilo transportieren konnte (um Brückenwaagen zu kalibrieren), stand sicher geparkt in der riesigen Garage. Ein Meer von Licht fiel auf die Werkstätten und die Hunderte von Quadratmeter dessen, was jetzt »Arbeitsplätze« hieß und für künftige Angestellte gedacht war.

Ich ließ es die Direktorin so sagen an jenem Nachmittag mit seinem drohenden Wolkenhimmel über der Versammlung in der großen Halle, eine Versammlung, die man spaßig nennen könnte, wäre nicht in mich, und ich denke, auch in viele der anderen ein fast beängstigendes Gefühl der Entfremdung gefahren, eine Bedrohung, die wir nicht benennen konnten, die jedoch meinen absichtlich möglichst abstrakt und neutral gehaltenen Formulierungen einen merkwürdigen Beiklang gab, weil diese Worte mit der greifbaren Wirklichkeit der Gläser und Häppchen kontrastierten und mit der Abwesenheit Dijks, die sich dadurch in eine eigene Form von Abstraktion, eine sehr anwesende Abwesenheit verwandelte.

»Nach über hundert Jahren an der Brouwersgracht machten die Entwicklungen in Technik und Gesellschaft eine neue Unterkunft erforderlich. Mehr Raum für die Besucher, mehr Komfort für die Mitarbeiter. Mehr Parkmöglichkeiten!«

Letzteres sprach sie fast jubelnd aus, und so hatte ich es nicht gemeint. Meiner Meinung nach hatte ich es nicht einmal geschrieben.

Persönlich empfand ich es als sehr angenehm, dass ich das Auto, mit dem wir sonntags einen Ausflug machten, um meine Eltern zu besuchen, das Auto mit den Plastikbildern von Märchenfiguren und Tieren an der Seitenscheibe, das Auto, das uns bei unserer ersten Fernreise in drei Tagen an die Costa Brava gebracht hatte (nicht weit von der Stelle, an der Méchain dem Fieber erlegen war), dass ich dieses Auto an dem hohen Metallzaun entlangsteuern und mit einem schwungvollen Bogen in der Nähe des Eingangs zum Stehen bringen konnte, um dann ohne Mantel ins Büro zu gehen.

An dem Gebäude hing kein Wappen mehr. Kein Löwe war mehr zu sehen mit einem Schwert in der Pranke. Nur ein großes Schild mit einem Pfeil, auf dem in Blockbuchstaben NACHEICHUNG stand. Dort wurde nach wie vor mit Waagen kalibriert, dort wurden unsere Gewichte immer noch geputzt und mit Waschleder trockengerieben.

Dijk kam fortan mit dem Bus; er hatte noch immer keinen Führerschein. Von der Haltestelle an der Hauptverkehrsstraße von Amsterdam nach Haarlem musste er noch ein paar hundert Meter zu Fuß gehen, und bei Regen kam er wie früher durchnässt an. Wenn ich ihn so hereinkommen sah, an diesen Regentagen, mit dunklen Flecken auf dem Mantel, die Haare strähnig auf dem Schädel, fühlte ich mich manchmal fast schuldig, obwohl ich selbstverständlich keine Schuld an seiner mangelnden Flexibilität hatte, geschweige denn an unserem Klima. Hätte ich mich etwa auch nassregnen lassen müssen, aus Solidarität?

»Die siebziger und achtziger Jahre stärkten die Erkenntnis, dass die Behörde sich verändern und mit der Zeit gehen müsse«, tat die Direktorin munter kund. »Von produktorientiert zu kundenorientiert. Handel und Industrie sind für die Niederlande von lebenswichtiger Bedeutung. Für die Behörde wurden sie zu Partnern. Wir wurden verselbständigt.«

Dieses Wort hatte ich mit Absicht gewählt. Dijk hätte jetzt mit grimmigem Vergnügen festgestellt, dass Selbständigkeit in diesem Fall Abhängigkeit bedeutete. Und diesem Vergnügen und dieser Grimmigkeit vielleicht Ausdruck verliehen.

»Das Bürogebäude in Zwanenburg erwies sich rund zehn Jahre später als zu groß für die Behörde, die inzwischen in drei Tochtergesellschaften aufgegliedert worden war. Wir haben von da an nicht nur kundenorientiert gearbeitet. Wir wurden auch selbst zum Unternehmer!«

Keinem der Anwesenden brauchte erläutert zu werden, was das bedeutet hatte. Dafür waren die Narben noch zu frisch. Das immer größere Bedürfnis nach Messen und Wiegen, das die Gesellschaft – oder besser gesagt: die Wirtschaft – geprägt hatte, wirkte sich auf die Behörde nachteilig aus. Nicht mehr, sondern im Gegenteil weniger Kontrolle lautete die Antwort der Politik. Auf die Zentralisierung folgte die Privatisierung. Nach sieben Jahren zogen wir erneut um, Aufgabenbereiche wurden abgestoßen. Ich sehe sie noch gehen, einen nach dem anderen, die Veteranen einer Institution, die nicht mehr Behörde für das Eichwesen heißen durfte, eine Prozession von Paragraphenreitern und Drückebergern, von Spaßvögeln und Fanatikern, braven Beamten und verkappten Anarchisten, einige gesenkten Hauptes, der Würde entblößt, die sie aus ihrer Arbeit bezogen hatten, andere mit schiefem Grinsen, weil ihnen die Sache ohnehin nie ganz geheuer gewesen war, oder tapfer grienend wegen der großzügigen Abfindung, ein buntes Sammelsurium von Typen, die aber alle irgendwo im Hinterkopf noch die Bilder unzähliger blank geputzter Läden und schummriger Werkstätten hatten – und von dem schmutzigen Wasser, das an die Wohnboote in der Brouwersgracht schwappte.

7.2 | Wer hatte die Briefe aus dem kleinen Kellerraum weggenommen? Ich hatte den Schlüssel noch bei mir. Aber es war ein einfaches Modell, von dem es zweifellos Kopien gab und das möglicherweise zu mehr als nur einer Tür im Gebäude passte.

Wer hatte ein Interesse an den anonymen Briefen und wer nicht?

Warum hatte man sie eigentlich während dieser ganzen Zeit aufbewahrt?

Während ich mich das fragte, fühlte ich mich ertappt. Ich war, wie man so sagt, mit der Zeit mitgegangen. Mehr als mir selbst bewusst gewesen war. Dort, wo ich herkam, wo wir herkamen, aus der Zeit, als die Behörde noch die Behörde hieß, hatte sich diese Frage nie gestellt, weil die Antwort unmittelbar und für jedermann klar war: Die Briefe waren aufbewahrt worden, weil sich das so gehörte, weil es ein Archivgesetz gab und nicht, weil etwas oder jemand ein Interesse daran hatte. Regeln und Vorschriften waren unparteiisch.

Doch das beantwortete die erste Frage noch nicht. Denn weg waren sie, die Briefe.

Dijks Herkunft wäre früher vielleicht ein Problem gewesen, etwas, was Zweifel an seiner Zuverlässigkeit hätte säen können. Heute hätte es eher Interesse geweckt: ein Waise mit einem unbekannten Vater im fernen Krieg. Wenn etwas relativ geworden war, dann sicherlich die unwissenschaftlichen Begriffe politisch richtig und politisch falsch.

Sofern es überhaupt der Wahrheit entsprach, was der anonyme Briefschreiber über Dijks sexuelle Orientierung behauptete – auch das war inzwischen nicht mehr relevant.

Man konnte nicht mehr damit erpresst werden. Der entspannte Umgang mit Homosexuellen sprach heutzutage nur *für* die Leitung eines Unternehmens.

Was also? Wer konnte dann noch ein Interesse daran haben, die Briefe verschwinden zu lassen?

Ausgeschlossen, dass ihr Verfasser sie selbst unterschlagen hatte. Selbst wenn er kein Außenstehender gewesen wäre, wenn er sich nur als solcher ausgegeben und in Wirklichkeit bei der Behörde selbst gearbeitet hätte, dann hätte er sie schon viel früher weggenommen. Außerdem: Dann wäre er nicht mehr hier gewesen. Dijk und ich waren die Letzten aus der Zeit Anfang der sechziger Jahre, die noch im neuesten Gebäude arbeiteten.

Es blieb nur *eine* Möglichkeit.

Dijk. Dijk selbst hatte es getan.

Dijk bestand auf einer strikten Trennung zwischen seiner Arbeit und seinem Privatleben.

An persönliche Enthüllungen in der Abschiedsrede hätte er gar nicht erst denken dürfen, und er konnte sich vorstellen, dass die Direktorin genau darum gebeten hatte.

Das Verschwinden der Papiere nach Büroschluss stimmte überdies mit einem anderen Muster überein, das für ihn charakteristisch war: Morgens war er immer äußerst pünktlich, man konnte die Uhr nach ihm stellen, aber abends verließ er gelegentlich als Letzter das Gebäude. Ich konnte mir sehr gut vorstellen, dass er dann stirnrunzelnd durch die Flure wanderte und einen missbilligenden Blick über die verlassene Bürolandschaft gleiten ließ. Dass er sogar dann und wann einen Bericht oder eine Broschüre zur Hand nahm, um zu bemerken, wie sehr sich der Beruf gewandelt hatte.

Obwohl sich an den Maßen und Gewichten doch weiß Gott nichts geändert hatte.

»Herumgeistern« war das Wort, das mir in den Sinn kam. Dijk als Geistererscheinung, die an das Gewesene erinnerte und das Heutige erkundete, bis in den kleinsten Kellerraum.

Doch wenn meine Annahme zutraf, so bedeutete das, dass er mir nicht traute. Nicht in Bezug auf die Rede, nicht in Bezug auf sein Geheimnis.

7.3 | Mit den Jahren waren Sitzungen üblich geworden. Nach dem zweiten Umzug und den nachfolgenden Umstrukturierungen gab es mehr Sitzungen als je zuvor. Und weil Dijk nicht in den Außendienst strebte, zum direkten Kontakt mit den Menschen, die zuerst zu Kunden erhoben worden waren und in letzter Zeit immer häufiger *Stakeholder* genannt wurden, war er gezwungen, an der internen Kommunikation teilzunehmen. Es gab jetzt wöchentlich, täglich, manchmal mehrmals am Tag eine Besprechung, wobei die Zusammenkünfte einander vorwärts und hin und her schoben wie Waggons auf einem Rangiergelände, ohne dass diese entladen wurden, manchmal sogar ohne Ladung und ohne Ziel.

Hätte Dijk nun wenigstens bei diesen Zusammenkünften so weit wie möglich geschwiegen. Dann hätte er seinen Status als Monument, als stilles Gewissen vielleicht bewahren können. Ich war bestimmt nicht der Einzige, der seine starre Haltung einerseits als lästig empfand, andererseits und tief im Inneren aber wusste, dass er etwas verkörperte, das einem durch nichts zu erschütternden Recht gleichkam. Aber Dijk schwieg nicht. Wenn eine Versammlung dazu da war, sich die Ansicht jedes Anwesenden anzuhören, und er gezwungen wurde, daran teilzunehmen, dann würde man auch zu hören bekommen, was er zu sagen hatte. Und sei es nur, um zu all den stupiden, modischen, persönlichen Ansichten, die vorgetragen wurden, ein Gegengewicht zu liefern.

Gegengewicht. Ich wähle jetzt absichtlich diesen Vergleich, den ich sonst zu vermeiden versuche. Aber Dijk fiel gelegentlich aus der Rolle. Er schwieg nicht länger. Manchmal machte er deutlich, dass die Ansichten anderer ihn nicht im Geringsten interessierten, indem er sich, für jeden sichtbar, in Papiere vertiefte, die überdeutlich nicht das Thema der Versammlung betrafen.

Immer häufiger erregte er sich. Dann lief er rot an und trug, fast stammelnd, eine Auffassung vor, die darauf hinauslief, dass die Dinge nun einmal waren, wie sie waren. Das mochte im Pavillon de Breteuil zutreffen, hatte aber immer weniger mit unserer Arbeit zu tun. Dijk regte sich auf und machte sich damit angreifbar.

Ich merkte, dass ich immer mehr auf Distanz zu ihm ging. Ich merkte, wie die Direktorin, unsere soundsovielte Führungspersönlichkeit nach der Jahrhundertwende, immer weniger auf ihn reagierte, ihn sogar vor aller Augen zu ignorieren begann und damit ein Signal gab. Ich wusste, dass Karl Dijk sie hinter den Kulissen weiterhin mit Notizen und Ratschlägen bedrängte. Nicht, weil er an sie als Mitstreiterin glaubte, sondern aus Loyalität zu unseren Werten und aus dem heraus, was er als seine Pflicht ansah. Sie würde nie sagen können, sie habe von nichts gewusst.

Was er tat, war nicht klug. Ich hätte ihm gern ans Herz gelegt, sich zurückzuhalten, die Vorteile seiner Position zu erkennen. Wir näherten uns dem Ende unseres Berufslebens, die Pension lag in Reichweite. Doch ich hielt den Mund, weil ich wusste, diese Argumente würden das Gegenteil bewirken.

Im vorletzten Jahr seines Dienstverhältnisses hatte er noch ein neues Kampffeld eröffnet. Er habe eine Gehaltserhöhung verlangt, erzählte er mir eines Tages in seinem Zimmer mit Aussicht auf die Autobahn voller Autos, die sich zwischen den unzähligen Sitzungen von Ost nach West bewegten. Eine Gehaltserhöhung außer der Reihe wegen besonderer Verdienste. Darauf habe er ein Recht. Er untermauerte seine Forderung mit Verweisen auf die Rechtsprechung und auf Arbeitsstatuten. Dazu fiel ihnen bestimmt nichts ein.

In der elektronischen Akte hatte ich allerdings nichts davon gefunden. Sein Wunsch war nicht einmal archiviert worden, geschweige denn, er hätte eine Antwort erhalten.

Dijk in seinen letzten Tagen. Nicht in einem Bunker oder einem Tresor. Aber abgestellt in einem winzigen Büro mit Autoverkehr hinter den Glasscheiben. Eine Frage der Zeit, bis man ihm kündigte. Unvermeidlich. Logisch. Weil es besser für alle war.

7.4 | Es hätte ein Fiebertraum sein können, aber es war Realität. Der Meter war zu kurz, das Kilo schwand.

Der Meter hatte eine neue Grundlage gefunden. Jetzt nur noch das Kilo. Eine Frage der Zeit. Buchstäblich. Einer neuen Formel.

Das alles spukt mir im Kopf herum, zusammen mit dem,

was jetzt doch tatsächlich einer Grippe oder so etwas ähnelt. Bilder, die ein ganz anderes Gewicht bekommen als in dem Moment, in dem sich die ihnen zugrunde liegenden Ereignisse abspielten. Aber nicht einmal da bin ich mir sicher.

Ada fragt ab und an, wie es mir geht. Heute Abend, nachdem sie mir eine Bouillon gebracht und mich Liebling genannt hat, fragte sie, ob es in Ordnung sei, wenn sie ausginge.

Natürlich war das in Ordnung. Ist das in Ordnung. Kein Problem. Dies hier ist bald vorbei. Mit ein bisschen Glück schon morgen. Zurück zum Normalzustand.

Schon in Handschuhen, blieb sie in der Schlafzimmertür stehen. Geh nur, viel Spaß mit deinen Freundinnen. Seit ich daheim bin und die Kinder aus dem Haus sind, gehst du immer häufiger aus.

Mir ist das recht. Ich denke, es wird mir sogar gefallen, für eine Weile allein im Haus zu sein, ohne Kinder, ohne dich, nur mit meiner Arbeit, mit den Erinnerungen an meine Arbeit.

Unten höre ich die Haustür ins Schloss fallen, und mit einem Schlag bin ich wieder in Sint Maartenszee. Nicht auf der Deichstraße, nicht in dem kleinen Laden, sondern in der Wirtsstube des Mannes, der seine besten Momente während der Besatzung erlebt und sich seitdem hinter dem Tresen verschanzt hatte, fest entschlossen standzuhalten, wenn die Russen kämen.

Der Mann kam mit seinem groben Gesicht ganz nahe heran. Ich konnte seine Poren sehen, jedes Härchen auf der schlecht rasierten Haut, die Talgpickel neben der Nase, die Stückchen wildes Fleisch. Seine Stimme kratzte. Draußen klapperte Metall an Metall. Vielleicht der Fahrradständer, an dem der Rost fast schon über die Erfrischungsgetränkreklame gesiegt hatte.

Solange ich konnte, hatte ich diesen Teil unseres Bezirks gemieden, eines Tages war ich aber doch wieder in der Nähe. Aus dem ViVo war ein Super geworden, und ich wusste, was das bedeutete: noch mehr verpackte Lebensmittel. Selbst der Käse wurde nicht mehr abgeschnitten und gewogen, sondern in Scheiben und verpackt angeboten. Der Großhandel hatte das Gewicht bestimmt und den Preis.

Widerstrebend, zugleich aber durch eine vielleicht ungesunde Neugier unwiderstehlich angezogen, war ich eine Stunde zuvor durch das Dorf zu der Stelle gegangen, an der das Haus der beiden alten Leutchen stand. Ich hatte meine Schritte nicht verlangsamen müssen. Natürlich stand das Haus noch da. Noch schiefer als in meiner Erinnerung. Als hätte man das Dach noch tiefer über das gezogen, was von der Fassade übrig war.

Doch die Scheiben waren zerbrochen und beide Fenster mit Spanplatten zugenagelt, wodurch sie den Augenhöhlen eines Blinden glichen.

Ich versuchte hineinzuschauen, drückte gegen die feuchten Ränder eines Lochs in der Platte, die knarrend nachgab und noch etwas weiter abbröckelte. Drinnen war nichts zu erkennen. Es war stockdunkel. Ich konnte nur raten, was in der kalten Finsternis übriggeblieben war. Leere Borde, ein Käsetuch auf den schlammverschmierten Steinplatten, der Trichter, eine umgefallene Milchkanne, noch immer der schwache Geruch nach schimmelndem Käse.

Vielleicht würde auch die Waage noch dastehen, mit oder

ohne die Angelschnur, die die linke Wiegefläche unter dem Ladentisch heruntergezogen hatte.

Die Tür gab nicht nach, sie war fest verschlossen. Allerdings hörte ich das Geräusch, das der Riegel in dem Hohlraum dahinter machte, als ich an der Klinke rüttelte. So still war es an der Straße kurz außerhalb des Dorfs.

An der Tür war mit Heftzwecken ein Papier befestigt, auf dem die Ladenbesitzer in nahezu verblichener Schönschrift der Kundschaft dankten, die ihnen viele Jahre, genauer gesagt zweiundvierzig, die Treue bewahrt und stets Vertrauen geschenkt hatte.

»Tot«, sagte der Mann. Das Wort erreichte mich gleichzeitig mit dem schalen Biergeruch aus seinem Mund.

»Tot. Mausetot.«

Und als ich den Blick nicht von ihm wandte, während ich spürte, dass meine Augen sich weiteten: »Am Firstbalken. Alle beide.«

Erst jetzt wich ich erschrocken zurück. Beide Hände am Tresen, um nicht vom Hocker zu rutschen. Mit dieser Gebärde fand ich auch innerlich wieder ein wenig zu meinem Gleichgewicht zurück.

Es war deutlich, dass der Mann auf der anderen Seite seine Macht genoss, die Vorstellung, dass er mich mit seinen Worten in die Enge getrieben hatte. Gestank und Spucketröpfchen gehörten dazu.

Ich war durch das Dorf zurück und in die Kneipe gegangen mit dem Gedanken, dass ich jetzt besser klar Schiff machen, den ganzen Becher leeren sollte und danach von allem befreit wäre. Meine Erinnerung an diesen Teil des Polders würde saubergefegt sein wie der Himmel an einem Frühlingstag. Blank.

Aber ich hatte, im Wortsinn, die Rechnung ohne den Wirt gemacht.

Ob er mich gleich erkannte, weiß ich nicht. Mit der Zeit, während er mit seiner Geschichte herausrückte, schon, wenigstens war das mein Eindruck. Sicher ist, dass sich an seiner Schankstube nur wenig verändert hatte. Was wohl bedeutete, dass er noch immer nicht mehr Kundschaft hatte. In diesem Dorf wurde nichts vergeben und nichts vergessen. Er, seinerseits, wartete noch immer darauf, recht zu bekommen.

Es war kurz nach Mittag, aber als der Mann gleich nach meinem Eintreten die Bierflasche öffnete, traute ich mich nicht mehr, nach Kaffee zu fragen. Sein Kaffee wäre im Übrigen wohl ebenfalls alt und bitter.

Ich setzte die Flasche an den Mund. Der Wirt tat das Gleiche.

»Unterwegs?«, erkundigte er sich. Er meinte: wohin oder: warum.

»Eichwesen.«

Ich legte die Karten gleich auf den Tisch. Das erschien mir das Beste, dann war das schon mal gesagt.

Er fasste es als Einladung auf, genauso direkt zu reagieren.

»So! Die Leute, die andere Menschen um Lohn und Brot bringen. Ihnen das Fell über die Ohren ziehen …«

»Die Leute, die verhindern, dass andere das tun.«

Ich hätte ihm gern etwas über unsere Arbeit erklärt. Ausführlicher, als es den Anweisungen zufolge unsere Pflicht war. Aber es erschien mir nicht möglich. Er war nicht an der

Meinung anderer interessiert. Bierpumpanlagen und Billarduhren kontrollierten wir nicht. Das behördliche Gutachten über den Inhalt von Schnapsgläsern war schon wieder eine ganze Weile her.

Ich beschloss, das Thema zu wechseln und ihm eine Frage zu stellen. Ob er wisse, was aus dem Ehepaar am anderen Ende des Dorfes geworden sei, dem Paar mit dem kleinen Milchgeschäft.

Ich stellte sie mir in einer bescheidenen Seniorenwohnung vor, blinkend von Seife und Langeweile, er jeden Tag im Sonntagsanzug, sie endlich so unbeschwert, dass sie es sich erlaubte, die Aussicht zu genießen: ein Balkon, winzig klein, mit Gerbera und Stiefmütterchen, ein sorgfältig gepflegter Garten hinter dem Haus, ein Radweg und dahinter ein weiter Polder, auf den man sehr lange hinausschauen konnte, Tag für Tag.

»Tot.«

Dabei beließ er es nicht. Er beschrieb ausführlich, wie man die beiden gefunden hatte, erst Tage später. Im Schuppen, am Firstbalken, dem einzigen Ort, der hoch genug gewesen war, dass die beiden kleinen, krummen Körper herabfallen konnten, ohne dass ihre bestrumpften Füße den Boden berührten. Holzpantinen unter ihnen, Pinkel und dünner Kot durch die Kleider gelaufen, sodass sich auf dem Stroh ein nasser brauner Fleck gebildet hatte. Köpfe grau, Münder offen, die dicken Zungen herausgestreckt, die Augen hervorquellend in einem starren Blick. Wie er sich daran weidete!

»Mausetot.«

Ich weiß nicht mehr, ob der Mann das alles wirklich erzählt hat oder ob das Bild so unentrinnbar war, dass ich es selbst mit immer mehr Details ausgestattet habe. Ich weiß aber, dass er den Vorfall dazu benutzte, um etwas über Gemeinsinn, Abrechnung, Vergeltung zu sagen.

Und dass mir das Bier nicht mehr schmeckte, dass es, direkt aus der Flasche, schon schal und bitter zu sein schien – was im Übrigen auch so sein konnte, denn Bier hat ein Verfallsdatum, und es war noch immer Oranjeboom, das meines Wissens schon seit Jahren nicht mehr gebraut wurde.

Er erzählte, dass der Mann und die Frau kein Ehepaar waren. Sondern Bruder und Schwester, im selben Haus geboren und nie daraus fortgegangen.

Zwei baumelnde Körper und ein Kneipenwirt, der so böse auf alles und jeden war, dass er gierig, wollüstig von ihnen berichtete.

Ich bin nie mehr in die Gegend von Alkmaar zurückgekehrt, zu den Orten, an denen sich mir innerhalb von vierundzwanzig Stunden derart viel Einblick in menschliches Unglück eröffnet hatte, konzentriert auf lediglich wenige Quadratkilometer, in Sint Maarten – oder war es Sint Maartenszee oder Sint Maartensvlotbrug? –, als befände sich genau da ein Riss in der Karte, im Raum, in der Zeit.

7.5 | Was in dem Dorf passiert war, hatte mich jedenfalls tief beeindruckt. Und trotzdem beschäftigte es mich nicht unablässig. Natürlich nicht. Man schiebt so etwas von sich, wie man eine Geisterbahnfahrt oder einen Gruselfilm allmählich auch wieder vergisst. Oder vielleicht nicht vergisst, aber in einem gesonderten Fach des Gedächtnisses ablegt, aus dem das Erlebte bei Bedarf wieder hervorgezogen werden kann, sich aber nicht bei jeder passenden oder unpassenden Gelegenheit in die Gedanken drängt.

Das geschieht jetzt allerdings doch, in dem Haus, das Ada soeben verlassen hat. Wo Schatten vom Wind in den Bäumen vor den Fenstern bewegt werden und Schatten in meinem Kopf zum Leben erwachen. Es ist absurd, dass das Gesicht des Kneipenwirts mir so nahe erscheint, ein Mann, dessen Namen ich nicht einmal kannte, der jedoch in meinem Halbschlaf eine Geschichte hat, die ich genauso klar zu sehen meine wie alle anderen Erinnerungen. Eine Geschichte mit falschen Uniformen, Kameradschaft, sumpfigem Polderboden, einem Fisch, der im gerade erst ausgebaggerten Schlamm neben einem langen, geraden Graben zappelt, Blut, dem Häuten eines Aals bei lebendigem Leib, Bier und Genever, Liebe und Verrat und am Ende immer wieder, wie in einem schlechten Film, mit zwei Körpern, denen der Strick das Genick gebrochen hat, zwei Körper, die noch wild um sich traten, hin und her schwangen, zuckten und sich dann nicht mehr bewegten, als sie im schummrigen Licht an den Balken des eigenen Schuppens hingen, Bruder und Schwester, Mann und Frau, in totenstillem Gleichgewicht, ja: Gleichgewicht, verdammt noch mal, Gleichgewicht.

Ich stehe auf, um im Badezimmer etwas zu trinken, beuge mich vor, um auch die Stirn und die Schläfen zu benetzen, und als ich mich wieder aufrichte, erschrecke ich über mein eigenes Gesicht im Spiegel.

Alt. Und noch älter durch den Schrecken. Könnte es sein,

dass auch das Bild, das man von sich selbst hat, irgendwo stehenbleibt, bei einem absoluten Alter, wo es sich nicht mehr verändert und somit immer weiter von dem entfernt, wie man für andere aussieht?

Zumindest hat es den Anschein. Denn ich bin das nicht, dieser Mann mit den wirren Haaren, den Ringen unter den Augen, der schlaffen Haut unter dem Kinn, den geplatzten Äderchen.

Ich stehe mir gegenüber wie ein anderer, so wie ich vorhin dem erbosten Wirt gegenüberstand. Es gibt jemanden, der mein Gesicht besser kennt als ich selbst, der es häufiger angeschaut hat und nicht vor dem Spiegelbild erschrecken würde. Ada. Gräfin von Holland, drei Buchstaben.

Ich wasche mich und ziehe mir ein frisches Pyjamaoberteil an. Öffne das Fenster, um frische Luft hereinzulassen, schließe es aber auch gleich wieder, als ein Windstoß mich spüren lässt, wie grimmig die Kälte ist.

Wieder im Bett denke ich an Karl Dijk, von dem ich nie mehr etwas gehört habe.

Wie lange ist es her, dass er gegangen ist? Genau ein Jahr und zwei Monate. Es war im Herbst, im November.

Auch er wird sich weiter verändert haben, mehr graue Haare bekommen haben, etwas weniger kerzengerade gehen.

Ich weiß nicht, wo er geblieben ist. Ich weiß aber, warum ich ihn nicht gesucht habe. Aus Respekt. Wenn Dijk nicht wollte, dass ich ihn sah, dann blieb es so.

Oder hätte er es doch gewollt? Hatte ich sein Signal falsch verstanden? Habe ich es mit dieser Annahme vor allem mir selbst leichtgemacht?

Irgendwie muss er gewusst haben, was die Direktorin sagen würde – ich wusste es auch, schließlich waren es meine eigenen Worte. Aber er wusste auch, was es bedeutete. Ich nicht. Hatte nie etwas begriffen, nicht vom Messen und ebenso wenig von der Wirklichkeit.

Heute Abend, während sich die Zweige immer schneller bewegen und einer leise an das Fenster klopft, heute Abend, während ich meine Stirn schon wieder klamm werden fühle, scheint eine Antwort, eine Erklärung, eine Auflösung merkwürdigerweise trotzdem zum Greifen nahe.

7.6 | In der rechten Hand der Direktorin war nur noch *ein* Blatt. Die kleine Schar in der großen Halle erwartete gespannt ihre letzten Worte und wollte auch gern noch etwas trinken. Über den Rand der roten Lesebrille, die mit einer schwarzen Kordel um den Hals gesichert war, sah sie sich eindringlich in der Runde um. Nicht, um zu schauen, ob Dijk sich doch noch unbemerkt in die hinterste Reihe gestellt hatte. Diese Illusion hegte sie schon lange nicht mehr. Sondern eher, um die Gesellschaft noch einmal zu mustern, die versammelten Menschen, die sie nun schon seit über einem Jahr führte, ohne dass sie hätte sagen können, was jeder von ihnen genau machte. Sie kannte ihren Platz in der Organisation und auch, wie viel der Output in Zahlen ergeben sollte, aber die einzelnen Handlungen, die dazu führten, waren für sie ein Rätsel. Sie hätte keinen einzigen Teil der Tätigkeit ihrer Mitarbeiter übernehmen können. Das wusste sie und auch, dass wir es wussten, und das machte sie auf ihre Art zu einer klugen Frau.

Ich hatte mich beim Verfassen der Rede gefragt, ob ich ihre Unvertrautheit mit der Materie, mit unserer Materie, ausnutzen sollte.

Ich könnte sie alles sagen lassen, was für einen Laien auch nur halbwegs plausibel klang. Vielleicht als Erstes einen Namen verdrehen. Dechambre und Mélain, Verzwinden und Concordet – das könnten auch Tippfehler oder Versprecher sein. Dann eine unrichtige Jahreszahl: das erste Eichgesetz, 1916 anstatt 1816 – gewagt, aber ich glaube nicht, dass sie es korrigieren würde. Und danach ein physikalisches Grundprinzip falsch anführen – dann war wohl klar, dass hier eine Frau stand, die freudig etwas verkündete, was sie nicht verstand.

Die versammelte Belegschaft würde bei der ersten Ungereimtheit die Ohren spitzen, bei der zweiten erstaunte Blicke wechseln, schon bald würde ein erstes Räuspern zu hören sein, unterdrücktes Kichern und Hüsteln, und während die Direktorin sich tapfer durch die Sätze arbeitete, würde sie merken, spüren, wie aus dem Publikum ein Raunen, ein Grundton, eine langsam anbrandende und an Kraft zunehmende breite Woge auf sie zurollte, ein Zeichen dafür, dass die Zuhörer ihre Botschaft nicht mehr empfingen, sondern umgehend zurückschickten wie Wellenbrecher am Strand, ein Albtraum für jeden Redner, sogar einen mit der Selbstsicherheit unserer Führungsdame.

Karl Dijk hätte ich mit dieser Form raffinierten Widerstands vielleicht eine Freude gemacht. Doch meine eigene letzte Zeit im Unternehmen wäre ziemlich unangenehm geworden.

Dijk hätte einwenden können, dass ein kleiner Akt des Ungehorsams nichts sei im Vergleich zu dem Verrat, den diese Frau verkörperte. Im Verhältnis dazu wären auch meine Unannehmlichkeiten nichts. Ich müsse endlich Partei ergreifen.

Er hatte recht. Auf seine Art hatte er recht. Aber dieses Recht war ihm nun einmal nicht zugestanden worden. Ich begriff das, ohne es erklären zu können, ich konnte es besser wiedergeben als begründen. Wahrscheinlich weil ich selbst Teil der Veränderungen gewesen war. Ich hatte mich nicht mit missbilligendem Blick auf die Seite gestellt. Und im Gegensatz zu Dijk war ich nun einmal ein Mensch, der häufig zweifelte.

Der Kurs, den die Behörde und später das Unternehmen eingeschlagen hatte, die Entwicklungen in der Gesellschaft, die Leute, die über uns standen – es konnte doch nicht sein, dass sie alle verrückt waren, mit Ausnahme von uns? Es würde doch wohl einen guten Grund für das geben, was sie taten?

War es nicht auch eine merkwürdige Vorstellung, dass die höchste Wahrheit ein Stück Metall in einem ehemaligen Lustschloss kurz hinter Paris war?

Ich wusste nicht, warum er einer offiziellen Verabschiedung zugestimmt hatte. Dijk, der seine Aversion gegen die derzeitige Leitung und den Lauf der Dinge stets klar zum Ausdruck gebracht hatte. In seiner Haltung, jeden Tag aufs Neue, der Art und Weise, wie er sich absonderte und absondern ließ in seinem entlegenen kleinen Zimmer, nicht in der Kantine erschien. Und in den letzten Jahren vor allem auch durch seine Ausbrüche bei den Sitzungen, an denen er gegen seinen Willen teilnahm.

Mit seiner Abwesenheit hatte er zweifellos etwas bezweckt. Es hatte einen Plan gegeben, natürlich hatte er darüber nachgedacht. Und der Plan war nicht aus Mutlosigkeit entstanden. Dann hätte er hier stehen und das Ganze über sich ergehen lassen, es spöttisch lächelnd ertragen – oder schon viel früher kundtun müssen, dass er keine Lust auf diese ganze Komödie habe.

Ich hatte gedacht, er würde den Empfang dazu nutzen, einen Abschiedsschuss abzufeuern, der die Scheiben erzittern und die Menschen erbeben lassen würde. Ein vernichtendes Ausholen eines zum letzten Mal rot angelaufenen und manchmal über seine Worte stolpernden Karl Dijk, woraufhin sich keiner mehr trauen würde, nach einem Käsewürfel zu greifen oder ein Glas an die Lippen zu setzen. Das war mir vor Beginn der Veranstaltung als das wahrscheinlichste Szenario erschienen. Ich sah förmlich vor mir, wie er seine Rede beenden würde, sich mit dem Handrücken den Speichel von den Lippen wischend, während er sich umdrehte und seinen Regenmantel von einem Stuhl hinter sich schnappte, und wie er danach mit langen Schritten zum letzten Mal über den Marmorfußboden stiefeln würde, um für immer aus dem Schatten des Kitschkunstwerks zu treten, das da dumm und viel zu schwer am Firstbalken hing. Die Gäste applaudierten nicht, sie wichen auseinander wie Eisschollen vor einem Eisbrecher, das Publikum staute sich, ängstlich und respektvoll zugleich, während er sich einen Weg zur Drehtür bahnte und uns in einer beschämenden Stille zurückließ.

Aber so kam es bekanntlich nicht.

Die Direktorin führte unbekümmert das Wort. Dass sie sich durch sein unangekündigtes Fortbleiben nicht aus dem Feld schlagen ließe, hätte er sich vielleicht denken können. Sie ging ein Risiko ein, indem sie die Rede einfach hielt, aber dieses Risiko war nicht groß. Schlimmer noch: Sie hatte nun so oder so das letzte Wort. Es sah Dijk nicht ähnlich, ihr das zu gönnen.

Ich wusste keine Antwort auf die Frage, warum er nicht da war, aber ich war froh, dass ich der Rede einen anderen, einen würdigen Schluss gegeben hatte, einen Schlussakkord, in dem die Wissenschaft das letzte Wort hatte.

7.7 | Für alles gibt es eine Erklärung und somit auch für das, was jetzt mit mir vor sich geht, an diesem Abend, der einer langen Nacht gleicht. Ada ist weit weg. Es brennt kein Licht. Ahnungen von Gegenständen schweben durchs Zimmer. Ich kenne sie, aber ich kenne ihren Platz nicht mehr. In der Natur gibt es eine Erklärung für alles, gleichgültig, ob es in unserem Körper geschieht oder außerhalb von ihm.

Ich liege im Bett, zwischen den gebügelten Laken, und zugleich bin ich näher bei Karl Dijks Abschied als an jenem Nachmittag selbst. Draußen ist es dunkel, der Wind heult, aber wenn ich die Augen schließe, sehe ich wieder das grelle Nachmittagslicht, das die jagenden Wolken so bedrohlich wirken lässt, wenn ich durch die Scheiben im Hallendach schaue.

Draußen regnet es. Ich habe ihren Text auch noch wörtlich im Kopf. Meinen Text.

»Lieber Karl …«

Sie sieht die Umstehenden vielsagend an. Um sie in ihre Version dieses Ereignisses einzubeziehen, ihre Inszenierung, ihre Interpretation mit allen Variationen.

»Lieber Karl Dijk, fast fünfundvierzig Jahre sind vergangen, seit du an einem Januartag des Jahres 1961 in den Dienst der Institution tratest, die damals noch Behörde für das Eichwesen hieß und heute, passend zu unserer Zeit, unter dem Namen BV METRIFACT noch immer in der Mitte der Gesellschaft steht und dort ihren unverzichtbaren Beitrag zum Wachstum unseres Wohlstands leistet. Aber wir erziehen die Menschen nicht länger, wir wenden uns nicht länger belehrend und korrigierend an sie. Unsere Kunden und wir sind Partner geworden. Partner in dem Projekt namens Fortschritt. Wir stellen kein Gegengewicht dar, sondern bilden zusammen mit der Wirtschaft ein Netzwerk, gemeinsam sind wir sozusagen die Software, die dieser Fortschritt braucht. Und auf diese Weise haben wir schon fast die Schwelle zu einer völlig neuen Zeit überschritten …«

Die Worte müssen ihr unweigerlich wie Musik in den Ohren geklungen haben, als sie ihrer zum ersten Mal ansichtig wurde. Sie waren dazu gedacht, sie weich und empfänglich zu machen, damit sie weniger Probleme mit dem hätte, was danach kam. Etwas, das nur uns beide etwas anging, ihn und mich.

»Fast. Aber noch nicht ganz. Noch immer liegt im Dunkel eines Panzerschranks, wie du weißt, Le Grand K, das große Kilo, zu dem alle paar Jahre einer von uns reisen muss, um festzustellen, ob unser Kilo noch exakt das gleiche Gewicht hat. Das ist das letzte Relikt einer zu Ende gegangenen Zeit. Noch ein paar Jahre, und auch das Kilo wird von einer physikalischen Größe hergeleitet, die immer und überall existiert. Genau wie es zuvor schon mit dem Meter geschehen ist. Diese Größe kennen wir alle. Es ist die Zeit.«

Höre ich etwas, unten im Haus? Angespannt liege ich zwischen den Laken und rühre mich nicht. Es ist, als würde mein Kopf lautlos summen. Das ist alles. Oder ist es gar nicht mein Kopf, höre ich vielmehr die Stille des Hauses? Ich weiß, was das wichtigste Wort im nächsten Satz ist. Frequenz.

»Du weißt, lieber Karl, dass wir mit Hilfe der konstanten Frequenz des Lichts, das von einem Atom ausgestrahlt wird, die Zeit messen können. Darauf basiert unsere Atomuhr. In der Quantenphysik hat man festgestellt, dass diese Schwingungen außerdem Energie und Masse verkörpern. Eine Uhr, um das Gewicht eines Kilos zu ermitteln? Das ist möglich!«

Das muss man ihr lassen: Sie spricht so, als würde sie es verstehen. Munter und aufgeräumt. Als könnte sie das Ding eigenhändig zusammenbauen. Während unsere Direktorin weiter entfernt ist von allen Bemühungen, Le Grand K überflüssig zu machen, als wer auch immer in diesem Raum unter dem hohen Glasdach. Sie weiß nichts von den Männern, die jahrelang, tagein, tagaus, vergeblich eine Siliciumkugel geschliffen und poliert haben, um irgendwann die Zahl der Atome darin zählen zu können. Sie hat keine Ahnung, auf welche Weise die Massenfrequenz eines Cäsiumatoms gesenkt und messbar gemacht werden kann und dass man sich dabei des bizarren Umstands bedient, dass ein Atom sich selbst überlappen, das heißt an zwei Orten gleichzeitig sein kann.

Es scheint, als würden sie nie an sich zweifeln. Dijk nicht und auch sie nicht. Darin stimmen sie überein. Und dennoch sind sie nicht vergleichbar, sie leben in zwei verschiedenen Systemen.

Aber Moment mal. Hat Dijk nicht einmal gesagt, er wolle lediglich Äpfel mit Birnen vergleichen? Dann weiß die Direktorin doch mehr als wir über das Urkilogramm. Über seine Entbehrlichkeit.

Mir treten jetzt in rasender Geschwindigkeit – durcheinander, nebeneinander – sich bewegende, zitternde, zum Stehen kommende Wiege- und Messgeräte vor Augen, Benzin, das in einem Kolben schäumt, Zeiger, die bei der falschen Zahl steckenbleiben, das Ende des Zweigs, der gegen die Schlafzimmerscheibe schlägt. Oder ist es ein Vogel, ein Prinzenfink, der sich verirrt hat? Alles, was vorhanden ist, ist schließlich ein Gleichnis.

Sie sagt: »Jedes Gewicht ist letztlich eine Entfernung, und jede Entfernung besteht aus der Zeit, die wir benötigen, um sie zurückzulegen.«

Ich denke, das stimmt für die meisten Menschen. Aber ein Atom kann an zwei Orten gleichzeitig sein. Was ist in der Natur also wahr und was ist gelogen?

Jetzt höre ich unten doch wirklich, wie sich der Schlüssel im Schloss dreht und die Haustür aufgeht. Höre ich auch, wie Ada ihren Mantel auszieht? Nein, das sehe ich. Genauso wie ich sehe, wie sie mit einem sanft knisternden Geräusch ihre Regenhaube aufbindet und dann mit beiden Händen ihr Haar lockert und ordnet, noch bevor sie in den Flur tritt und ins Treppenhaus hochruft, dass sie wieder da ist. Oder vielleicht tut sie das nicht, weil sie hofft, dass ich eingeschlafen bin.

Im siebten Jahr seiner Mission hatte Méchains Frau genug. Sie mietete eine Kutsche und machte sich auf den Weg, um ihren Mann zu suchen und nach Paris zurückzuholen. Méchain, krank, verzweifelt wegen seiner fehlerhaften Messresultate, tat alles, um ihr zu entrinnen. Vergebens. Die Gattin gewann.

Ich denke an Ada mit dem Holztablett und den klappernden Tassen. Ada, die nicht gern ausging. Auch sie hat sich unweigerlich in all den Jahren verändert, in denen sie mir so nahe war. Wo geht sie eigentlich hin mit ihren Freundinnen vom Lesezirkel, dem Kartenclub, der ehrenamtlichen Arbeit? Wie riecht es da, wie sieht es aus? Weiß ich wirklich mehr von ihr als von Karl Dijk?

»Betrachte es so, lieber Karel: Deine Arbeit ist getan. Sie wird von anderen übernommen. Du darfst dich ruhig mit der Art und Weise vergleichen, wie dieses Stück Platin-Iridium seit 1879 seine Arbeit getan hat. Standfest, nach bestem Wissen und im Dunklen. Wenn wir in Kürze mit einer Atomuhr wiegen, darf es hinaus, dann ist es frei, die frische Luft und die Sonne zu genießen.«

Ich höre Ada nicht. Aber wenn die Tür tatsächlich aufgegangen ist, dann hallten ihre Schritte leicht nach auf den Fliesen im Flur, dann hat sie danach ihre Schuhe ausgezogen und macht sich jetzt in der Küche zu schaffen, hat Teewasser aufgesetzt, und gleich werde ich es pfeifen hören, wenn dieses Wasser bei 100 Grad Celsius oder 212 Grad Fahrenheit oder 373 Kelvin den Siedepunkt erreicht.

Wasser und Zeit. Wogen, Eisschollen. Die Brouwersgracht war vielleicht wirklich besser dran ohne uns, sie hat uns mühelos überlebt. Dort wiegt man bestimmt auch nicht mehr Lumpen und Altmetall in den Speicherhäusern, genauso wenig wie man Waagen in unserem Gebäude kalibriert. Das Wasser der Gracht gefriert noch seltener als früher. Es ist sauberer. Niemand schüttet mehr eine Gracht zu.

Ich möchte wissen, was heute in dem Gebäude geschieht. Ob noch Spuren von uns zu finden sind. Das Reichswappen prangt bestimmt nicht mehr am Giebel, aber vielleicht sind die Buchstaben EICHAMT nicht ganz weggeschliffen und unter den jüngsten Schichten Hochglanzlack noch zu erkennen.

Der Mann, der in der Dunkelheit vor mir ging, war Karl Dijk, die Laternenpfähle entlang dem Wasser waren Messstriche unserer gemeinsamen Zeit. Ich wünschte, der Traum kehrte zurück. Ich wünschte, er träte ins Zimmer. Sogar ins Schlafzimmer. Unangekündigt. Unangepasst. Und unverkennbar: Dijk.

Karl Dijk.

Ein Name wie zwei Schläge mit der flachen Hand auf einer harten Oberfläche. Einer Tischplatte. Einer Ladentheke.

Einem erschütterungsfreien Marmortisch mit Wiegeinstrumenten.

Wir würden reden, und er würde nun auch mal mir zuhören, aufmerksam und zustimmend nickend, als hätte er mich immer schon verstanden, meine Fügsamkeit, meine Anpassungsfähigkeit, meine Fürsorglichkeit in Bezug auf Ada. Ich, meinerseits, erhielte vielleicht die Einladung, auch mal bei ihm vorbeizukommen, wobei sich dann herausstellen würde, dass er an der nichtssagenden Adresse, die ich in der Personalakte gefunden hatte, keineswegs eine kahle Mönchszelle bewohnte, in der er sich auch außerhalb der Bürozeit mit Formeln und rigiden Argumentationen beschäftigte, sondern ein paar behagliche Räume mit Büchern, einer Katze, einem gar nicht mal so sehr spröden Glas Rotwein.

Ich fröstele. Hier ist es jetzt alles andere als behaglich. Ich hätte nicht gedacht, dass ich mich noch mal nach den Schlägen der nahen Kirchturmuhr sehnen würde. Wenn ich das Fenster öffne und mich weit genug hinauslehne, kann ich meine Armbanduhr nachstellen und mich nach dem beleuchteten Zifferblatt mit der falschen Zeit richten. Draußen ist es aber nass und noch kälter, der Wind heult und legt weiter zu, flaut dann wieder ab, ich brauche das Fenster nicht zu öffnen, um das zu hören.

Was weit entfernt ist, scheint nah. Ich sehe den Mund der Direktorin, der voll ist und feucht und die letzten Worte für Karl Dijk vorbereitet, und dann schaue ich nach oben, mein Blick gleitet an den schweren Würfeln des Kunstwerks entlang, die sich gegenseitig im Gleichgewicht halten, bestimmt zwei Tonnen Stahl, an dem Stahlseil entlang, das diese Masse im Raum hält, und höher, bis zu dem Skyway ganz oben in der Halle, wo das Seil mit ein paar riesigen Bolzen an einem Querträger befestigt ist.

Es regnet noch immer. Die Wolken treiben über die Stadt, über die Fabriken, die Geschäfte, die Werkstätten, die Grachten, die Dünen, die Polder. Sie bilden Muster, die sich unablässig verändern, nie die gleichen. Nur theoretisch wird sich in Jahrmillionen irgendwann eine Wolkenlandschaft wiederholen, die gleiche sein wie schon einmal zuvor, und wenn das geschieht, wird es niemanden geben, der es merkt.

Es regnet noch immer, doch wenn die Wolken für einen Moment aufreißen, fällt sofort eine große Pfütze Sonnenlicht in die Halle herunter.

Müsste es dann nicht einen Regenbogen geben?

Etwas bewegt sich da oben, auf dem Skyway.

Weiß die Direktorin, die Füße fest mitten auf die Marmorrosette gestemmt, was da über ihrem Kopf hängt, und falls ja, was ihr bevorsteht?

»Du bist frei. Wir danken dir dafür, wer du warst, und dafür, was du getan hast. Alles Gute, lieber Karel!«

Der Applaus war verhalten, damals, klingt jetzt aber wie ein Donnern. Wie Hagelkörner an den Fenstern, in den Zinkrinnen und auf den Dachziegeln. Ich habe die Augen noch immer nach oben gerichtet, halb zugekniffen wegen des grellen Lichts, und sehe eine dünne, lange Gestalt vor diesem Licht, eine haarscharfe Silhouette, einen Strich auf einem Gradbogen.

Ich sehe einen Mann, der seine Arbeit macht, seine Arbeit

zu Ende führt, einen, auf den man sich verlassen kann. Ich bin mir jetzt sicher: Neben ihm auf dem Skyway steht eine zerschlissene Ledertasche. Er hält einen großen Mutternschlüssel in der Hand.

Ada ruft im Treppenhaus. Sie ist wieder da.

Ist es ein Regenbogen, der jetzt in der großen Halle hängt – von links, wo die Schicksalsgöttinnen immer sitzen, nach rechts, wo der Ausgang für Dijk ist, die Drehtür, und in Kürze, und jetzt, also auch für mich?

Nein, es ist kein Regenbogen, die beiden Punkte sind auf andere Weise miteinander verbunden. Ich sehe es jetzt deutlich. Es ist ein Lächeln, ein Lächeln quer durch die Zeit.

Nachweise

Dijk ist eine Erfindung. Sowohl der Mann als auch die Geschichte. Es ist auch keine Geschichte der ehemaligen Behörde für das Eichwesen, trotzdem bin ich für Informationen darüber den Herren Gerrit Nipper, Dick Lodders und Ed van Dijk zu großem Dank verpflichtet. Für die Passagen über Méchain und Delambre habe ich Gebrauch von dem großartigen Buch *The Measure of All Things* des Wissenschaftshistorikers Ken Alder gemacht. Ohne die Unterstützung von Ger Groot, Reinjan Mulder, Tilly Hermans und Antoinette Hoes würde es dieses Buch nicht geben. Für alle Unvollkommenheiten bin ich selbst verantwortlich.

Reaktionen: dijkboek@gmail.com

Twitter: hmvandenbrink